Piccini Giulio alias Jarro

L' epistolario d'Arlecchino : (Tristano Martinelli, 1556–1631)

PREFAZIONE

Una Prefazione, l'ho detto altra volta, fa sempre un gran piacere — quando finisce.

Arlecchino domandato come si trovava nel bagno, si vuole rispondesse:

— Bene, ma un po' umido!

Il lettore interrogato: — com'è la Prefazione di Jarro all'Epistolario d'Arlecchino potrà rispondere:

— La migliore e più nuova di tutte le Prefazioni, poichè non è stata scritta!

Per un lietissimo, fausto avvenimento, (le nozze Bemporad-Padovano) pubblicai il mio studio su l'Arlecchino Martinelli la prima volta coi tipi dell'Arte della Stampa e col titolo L'Epistolario d'Arlecchino. Mancano però tutti i documenti nella prima, splendida edizione che era preceduta dalla seguente lettera.

Al Cav. Enrico Bemporad

CARO AMICO. — Immagino che dicano molti: nel matrimonio non c'è di bello che il primo giorno — anzi il giorno prima!

E ciò può esser vero — in mille matrimoni. Ma quando un vincolo affettuoso unisce due anime, due intelligenze, due cuori che racchiudono squisitissime doti, nel matrimonio è attuato un ideale di felicità — forse il più bel sogno della vita.

Nel giorno in cui la sua amatissima, vezzosa sorella Ada, fiore di leggiadria e di gentilezza, esempio di bontà e soavità di carattere, di vivo ingegno, si unisce in matrimonio con il signor Armando Padovano, valoroso e brillante ufficiale, io, caro Enrico, ho voluto come suo amico, come suo peculiarissimo estimatore, darle prova di un'amicizia che in me non verrà mai meno. E non ho potuto astenermi — forse sono stato troppo arrogante — dal voler prender parte anch'io, per l'affezione che nutro verso di Lei, alla gioia che oggi consola la sua famiglia.

È ormai vezzo di raccomandar il ricordo di sì fausti e lieti avvenimenti a preziosi documenti inediti dell'antica storia de' nostri padri. Io Le offro, dunque, alcuni di questi documenti che non possono perire, poichè ci ricordano una gloria dell'Arte paesana.

Queste paginette senza pretesa credo saranno citate sempre ne' libri più poderosi, che tratteranno un certo ramo di storia dell'arte. E l'argomento è pieno di gradevole amenità, come si addice all'occasione.

In certi giorni memorabili della vita, fa piacere di vedersi, trovarsi attorno i veri amici. Forse, quando Le presenteranno questo piccolo libro Ella dirà, non senza una certa commozione, poichè io ben la conosco:

— Anche Jarro!... Chi se lo sarebbe aspettato?... S'è invitato da sè alla festa di famiglia... E ben venga!

Nell'offrire l'opuscolo, cui il tipografo cav. Landi ha dato sì nitida veste, degna del suo gusto, a' cari, giovani sposi, Ella dirà loro:

— Ecco gli auguri rispettosi, che vi manda un mio vecchio amico... E sono sinceri: ci potete contare!

Ma gli sposi saranno oggi assorti in ben altro. Non cerca auguri propizi chi è già in possesso della massima felicità, chi si sente tutto esaltato da un dolcissimo fremito di poesia, di amore...

Un solo uomo, un grosso, appassionato commerciante trovò modo di distrarsi il giorno del matrimonio in altre cure. Pensava a' suoi clienti. E scrisse in un cartello su gli sportelli chiusi della bottega:

— Oggi mi sposo, domani apertura!

Di consueto si pubblicano, per nozze, Lettere, Epistolari. Credo si sieno raramente pubblicate lettere più gioconde di queste, di cui alcune scritte da un Arlecchino a Sovrani: altre da Sovrani ad un Arlecchino.

In Lei, caro Enrico, tutti amano e stimano il gentiluomo simpatico, che ha tutte le delicate qualità dell'artista, l'Editore che ha saputo farsi il cooperatore de' letterati più illustri (non parlo per me!) e che ha dato un sì fecondo impulso, con tanta serietà di propositi, alla industria fiorentina.

Vorrei dirle che Ella è per ciò popolare, che tutti rendono omaggio al suo ingegno, alla sua finezza, alla sua operosità: eccetera, eccetera...

Lei sa che questo eccetera è la più grande espressione: è ciò che è stato detto di meglio su tutte le questioni.

Evviva gli sposi! — È il grido del

Firenze, 17 novembre 1895.

suo

JARRO

Le prove d'ingratitudine che ho ricevuto da' miei contemporanei, tra' più insigni, non mi tolgono di pensare che questa lettera possa esser accolta nella collezione delle mie lettere, fedelmente riprodotte (salvo le buste e i francobolli) che si pubblicherà un giorno sotto il titolo di Epistolario d'un uomo celebre: ben inteso quando sarà morto come Arlecchino: e non da secoli come lui, ma da un giorno... Allora, si può affermare con certezza, saranno cessate le persecuzioni e le ingratitudini; poichè, nel nostro paese, basta esser defunti per acquistar tutte le più rare qualità. Su le tombe non si gettano che fiori — di retorica. L'epitaffio è il miglior modo che si sia trovato per goder di una buona reputazione — un po' tardi! Vero è che gli elogi prodigati al defunto non gli si ripeterebbero, s'egli avesse l'imprudenza di uscir dalla tomba.

Che occorre perchè i giornali, tutti concordi, dicano bene di voi?

Una cosa semplice (per gli altri, se non per voi):

— Morire!

I morti son sempre buoni a una cosa: a servirsene per cercar d'ammazzare i vivi.

Quando muore un critico, un romanziere, un poeta, un artista si dice è morto l'unico critico, romanziere, poeta o artista: o, almeno il più grande: gli altri che restano possono andare a riporsi: il giorno della loro morte saranno essi collocati sull'altissimo piedistallo.

Poi avverrà la destatuazione a benefizio di altro defunto.

Fino per far dispetto a certi ricchi, non sapendo in che altro modo combatterli, quando muore uno di loro si scrive:

— È morto l'ultimo dei gentiluomini!

Quest'ultimo dei gentiluomini muore regolarmente una volta il mese, quasi in ogni città d'Europa: il che vuol dire che il posto rimane per poco vacante.

I giorni che seguono la morte sono, per alcuni, a così dire, i migliori della vita — stante l'abbondanza de' complimenti mortuarî. E i letterati, o pseudo letterati, sono affettuosissimi — come becchini. Colui che sino a ieri era un plagiario, un abietto libellista, l'uomo più contennendo, già che oggi è morto, doventa l'«illustre» il caro amico e, anzi, l'«indimenticabile maestro»!

Il defunto era oberato di debiti (contratti prima della morte s'intende) e si legge che finalmente ha reso — l'anima a Dio! Ciò ne prova l'onnipotenza: Dio era il solo che potesse farsi rendere da costui qualche cosa!...

D'un altro si legge che la letteratura ha fatto con la morte di lui una perdita grave: ed è vero — poichè pesava oltre 100 chili: — meno d'un volume di A. o Z. — levatane la carta.

Dalle Lettere di Arlecchino risulta, secondo accenno in appresso, la incorreggibile e fierissima vanità degli artisti; vanità contagiosa a chiunque ha una parte, sia pur lieve, nel piccolo mondo istrionico.

Mi rammento che dovea farsi una pantomima: si cercavano uomini che formassero insieme un elefante.

Si trovarono uomini, che erano stati elefanti in vari teatri, ma tutti volevano le prime parti, cioè far le gambe davanti: credevano abbassarsi nel far le gambe di dietro!

È una parte che vuole studi seri e i movimenti sono difficili. Uno solo lo comprese, accettò e volle far, anzi, la gamba di sinistra e la coda: la gamba di destra la lasciò a un suo scolare.

Chi ama l'Arte non ha ambizioni inconsulte!

Ma è retto dalla vanità il piccolo mondo istrionico: da non confondersi col gran mondo, sebbene in questo gli sia al tutto somigliante.

Un'altra osservazione. Pochi de' nostri antichi celebri attori scrissero; ma con semplicità e acume: diversi in ciò da varî de' nostri celebri attori moderni che dopo aver acquistato fama ripetendo le belle cose scritte da altri, hanno voluto acquistarne un'altra coi loro spropositi.

Nè ciò fu male: così ci hanno divertito in due modi!

Non dico altro: ho detto forse già troppo?...

JARRO.

I

Non ci sono oggi più maschere ne' Teatri: sono per tutto.

Arlecchino è il personaggio del nostro tempo? Ha addosso tutti i colori, la maschera sul viso. Non potrebbe, per la mutabilità dei suoi colori, esser un capo partito; un uomo di forti convinzioni politiche; magari un giornalista, il giornalista austero che dice aver sempre avuto una «sola» idea? E tutti già credono che esageri!

Il giornalista X oggi prende una maschera, sotto cui nessuno lo riconosce: la Verità.

I nostri più celebri tenori e attori si mascherano da Gruppo della Modestia.

Chi riconoscerebbe l'uomo politico Y mascherato da Disinteresse, il letterato Z mascherato da Intelligenza? Arlecchino potrebbe darci, nella sua qualità di multicolore, un'idea dell'uomo politico, che si fa un'opinione in rapporto con la sua posizione sociale; ma, da vero eroe, ha per massima: — non temere di mutarla quante volte sarà necessario a migliorare tal posizione.

Potrebbe darci la satira dell'uomo politico che per arrivare più presto al potere, ci arriva — a quattro gambe; di certi capi partito, unità che acquistano valore da molti zeri, che — alla Camera o altrove — si mettono loro accanto.

Vi voglio spiegare l'idea nobilissima, che un mio amico, non arlecchino, aveva della equità politica: per lui era tutta raccolta nella seguente favoletta.

Un contadino riunì tutti i suoi animali, più o meno domestici, e disse loro:

— Cari animali, vi ho riuniti per sapere con qual salsa vi debbo mangiare.

Un pollo:

— Non vogliamo esser mangiati!

Il contadino:

— Scusi, ma questo è un uscire dalla questione!

Gli animali allora parlavano — come adesso: basta andar ad assistere alla discussione di un ordine del giorno, magari in una riunione di notte, per convincersene. Il profeta Balaam non è il solo che sentisse parlare un asino. Domandatene agli stenografi.

Nè dobbiamo poi esser troppo ingiusti in politica. Un rispettato, se non rispettabile, «funzionario» mi diceva:

— Mi s'accusa di esser mutabile, incostante.... Al contrario non ho cambiato idea: voglio e ho sempre voluto restar prefetto!

Certi uomini, non dico arlecchini, politici, io li comprendo: se oggi manifestano un'opinione, domani un'altra, è perchè temono annoiar il pubblico, ripetendo sempre la medesima cosa.

Mi rincresce sovente che Arlecchino non viva più: non abbia assistito a tante nostre belle invenzioni — per esempio a quella dei fiammiferi, sebbene più facile che l'accenderli sia oggi il rimanere accesi dalle vignette sopra le scatole.

Ma io son qui per parlare dell'Arlecchino Tristano Martinelli.

Leggeva, non è molto, nel nostro Archivio di Stato, alcune lettere di comici, cantanti, ballerini, pittori di scene, maestri di musica del secolo XVII. Tutte queste lettere sono indirizzate a Sovrani, e provano come l'occuparsi delle cose dell'arte, che sembra oggi affare di nessun rilievo, piacesse per secoli a chi attendeva a governare il mondo. In tutta l'Europa, sin dal 400, i Sovrani, le dame, i cavalieri si occupano nelle Corti delle rappresentazioni teatrali e arriviamo al nostro secolo, in cui vediamo Napoleone I a Mosca, tra le vicende delle guerre, e le cure della diplomazia, dettar lo Statuto, tuttor vigente, della Comédie-Française. E dire che oggi ci sono.... sto per dire.... Consiglieri Comunali, i quali crederebbero venir meno alla lor dignità, se ponessero un po' d'attenzione a quello che alle Arti si riferisce. Quasi che le Arti non siano state, e non debbano essere primissima cagione di gloria, di ricchezza pel nostro paese!

Fa meraviglia il riscontrare quanta parte di grandezze italiane sia rimasta a noi ignorata fin ad oggi, e come la polvere degli archivi cuopra tuttora, per noi, un inusitato splendore di tradizioni.

E poi in Ispagna, in Germania, in Inghilterra, sopra tutto in Francia, la storia del teatro è tutta piena del nome dei nostri comici; la vita loro v'è stata studiata con amore, se non sempre con la maggior competenza. Ad esempio, si è fatto gran rumore perchè i nostri attori recitarono in italiano, al tempo nostro, innanzi a pubblici forestieri. Ma da secoli i comici italiani aveano questo merito. Posso dire, fra mille cose che già si sanno, come una Compagnia di comici italiani si recasse in

Ispagna, nel secolo XVI, e vi recitasse in italiano le commedie dell'Ariosto!

I comici italiani, da cui il Molière e il Regnard impararono, senza de' quali la letteratura francese non avrebbe avuto i suoi due più grandi maestri, hanno lasciato l'impronta del loro ingegno in tutto il teatro moderno, d'ogni nazione. Gli onori ricevuti nel nostro secolo da una Adelaide Ristori, da un Ernesto Rossi, da un Tommaso Salvini, sono un nulla, e può ben dirsi senza esagerazione, rispetto agli onori, che ricevevano nel XVI secolo una Isabella Andreini, e più tardi, un Tristano Martinelli, o un Bertinatti, e tanti altri.

Amici a' Sovrani del loro tempo, godendo la massima familiarità nelle Corti, i comici, i cantanti italiani, citeremo fra questi ultimi Atto Melani, pistoiese, di cui illustreremo, con documenti inediti, la vita, erano trattati con la più peculiare deferenza, si affidavano ad essi le più delicate missioni.

Dalle lettere di Atto Melani, custodite nel nostro Archivio di Stato, si rileva che questo prete, cui fu concesso di cantar ne' teatri, per non breve spazio di tempo, ebbe press'a poco qualità di ambasciatore: il principe Mattias Dei Medici era con lui in corrispondenza diretta e ne riceveva tutti i ragguagli sulla politica, sulla vita civile del tempo, da Parigi; da altre Corti d'Europa.

E, ben inteso, questi comici, come allora si chiamavano e i cantanti e gli attori, superavano molto in coltura gli attori e i cantanti, in generale, del nostro tempo: si sa di alcuni arlecchini, ad esempio, e lo testifica eziandio il Goldoni nelle sue Memorie, che sapevano il latino, e citavano passi di scrittori illustri d'ogni nazione; erano esperti in varie lingue: avevano studii di polso.

Tra questi arlecchini ve ne fu uno memorabile, e anch'esso rimasto nell'oblio più ingiusto: Tristano Martinelli, che ho ricordato più sopra.

Ed ecco io mi occupo di lui, raccogliendo con la più amorevole sollecitudine tutte le Lettere, non pubblicate, tutti i documenti, che si riferiscono a questo attore: celebre ne' suoi tempi; uno de' più antichi fra i predecessori de' sommi e popolari attori italiani.

Io metto mano a ritrarvi la sua originalissima, briosa figura; a rendervene, in tratti più che potrò efficaci, la singolare fisonomia ove il riso e la gravità si compongono insieme: fisonomia di filosofo e d'arlecchino. Le due cose possono star insieme. Anche oggi alcuni filosofi sono spesso arlecchini.

Troppo facilmente, poichè in Italia, tanto s'ignora da molti quanto si presume, certi nostri attori, che vanno per la maggiore, s'immaginano aver essi tutto inventato, tutto rinnovato, recato all'Italia, e alla lingua nostra, propagandola, secondo loro, un favore, non mai per l'innanzi conseguito!

Oh, no: l'opera fu compiuta da secoli: i migliori dei nostri attori, senza parlare de' cerretani e dei cantambanchi, trovarono la via già spianata: essi non fecer nulla di nuovo, di prodigioso, per questo rispetto: rannodarono soltanto una tradizione, interrotta appena, nel lasso di pochi anni, sullo scorcio del secolo scorso.

Nel secolo XVII era di moda, a così dire, per esempio in Francia, l'imparare e il parlare la lingua italiana: ciò anche in virtù de' nostri comici: i letterati più dotti, o arguti, come il Menagio o il Regnard, si tenevano di scrivere in italiano: le scritture italiane erano accette, imitate.

Come sia lontana dal vero l'idea che oggi il volgare si fa del personaggio d'Arlecchino, a non parlar d'altro, esce fuori da queste parole del Riccoboni nella sua Histôire du Théâtre Italien:

«Lorsqu'il a été manié par des acteurs de quelque génie, il a fait les delices des plus grands Rois et des gens du meilleur goût.... Un caractère admirable et qui peut divertir les princesses, les dames de condition et les filles les plus simples et de la meilleure éducation....»

E si noti qual sforzo d'ingegno doveano far tali attori, per piacere aux plus grands Rois e agli uomini di gusto più affinato, poichè, mentre oggi gli attori hanno la forza, che dà loro il ripetere i concetti di poeti, come lo Shakespeare, o di scrittori abilissimi, essi non aveano nulla fuor che quello che era porto, nel recitare improvviso, dalla fertile immaginazione.

Tristano Martinelli nacque in Mantova l'anno 1556: nel 1588 rappresentava già nel Teatro di Corte, a Madrid, il personaggio d'Arlecchino.

Il fratello Drusiano ne scriveva alla madre, in data 18 agosto 1588:

Staremo tutto quest'anno in Spagna.

E Tristano stesso aveva scritto l'indirizzo della lettera così:

A mia madre Lucia Martinelli, madre d'Arlecchino — sul Borgo della Predella e preso (sic) San Rocco — In Mantova.

Il lettore osservi quelle parole: madre di Arlecchino: un titolo di gloria! E dice d'Arlecchino, non d'un Arlecchino, poichè appunto, col nome generico, fu sempre appellato il Martinelli, o che egli fosse il primo Arlecchino, per ordine di tempo, o, tra i primissimi, quello che giunse a maggiore eccellenza.

Dalle sue Lettere, e ne daremo saggio, e da quelle di altri a lui, da varii documenti, si raccoglie come questo attore avventurato fosse nelle più intime relazioni col Granduca di Toscana, col Duca e col Cardinale di Mantova, con i principi e le principesse di Savoia, col Re e con la Regina Maria de' Medici di Francia!... E non basta, egli s'era ingraziositi per modo tali personaggi che vediamo, allorchè una sua governante si conduce male, e fa disordini in casa, nell'assenza di lui, s'occupan di porre assetto in tal affare i principi stessi: e si danno briga fin di costringere i suoi debitori a pagargli, loro malgrado, certi crediti.

E siccome i pregii, i difetti appaiono antichi in certe razze: così troviamo quell'istrione, al pari di altri moderni, tronfio di sè, burbanzoso, quasi ridicolo, per una sicumèra boriosa, allorchè è arrivato all'agiatezza: avido di primeggiare su tutti i compagni d'Arte: avido di denaro.

Dopo tre secoli, vediamo inuzzolire per la stessa cantaride istrionica, invanire per lo stesso farnetico, più d'uno!

Antico è il dissenso fra gli attori: antichi fra esseri, tanto commovibili, i puntigli sorti dalle convenienze di palcoscenico, che già ispiravano sì felicemente a burlarsene, nel modo più leggiadro, il padre della Commedia italiana.

Come oggi, anche allora — vedete che nulla cambia nel mondo e si parla tanto di progresso! — gli attori andavan di frequente da una Compagnia all'altra: non trovavano mai, nè capocomici, che ne apprezzassero tutto il genio, nè camerati, che s'inchinassero abbastanza!

Da Cremona, il 4 decembre 1595, il Martinelli scrive a un familiare del Duca di Mantova:

Quello che V. S. si à da operare per me si è che dica a Sua Altezza S.ª se si vole servire di me questo carnevale, de la mia parte in comedia, chel mi comandi che ad ogni minimo suo cenno io sarò prontissimo a venirlo a servire: et se mi son partito dalla Compagnia di Pedrolino, io ne ò auto mille occasioni, benchè (?) vogliono essere patroni et non compagni, et io non essendo uso a servire, mi pareva che mi facessero torto: et per questo e per altre cose, io mi son partito, ma non sono anco stato il primo, che tre o quattro altri si son partiti inanzi di me per tante insolencie che costoro usano a' suoi compagni.... V. S. mi dia avisi qui in Cremona, nella Compagnia della signora Diana, comica, et può indirizare le lettere a messer Giambatista Lazarone, comico, che lui me le farà avere, e la prego, dentro o fora darmi aviso a ciò sapia quello che ò da fare.

Come si vede, le Lettere sono bizzarre, fra altro, anche pel dettato!

II

Al mio car.^{mo} Tutore, M. Ferdinando Medici, cittadino principalissimo della Toscana et patrono di Scarperia.
Alla Camera segreta di S. A. S.

Ed eccovi quest'altro indirizzo dell'Arlecchino al Granduca.

Al suo come fratello minore, M. Ferdinando Medici, ma non di quelli che toccano il polso.
Dove si trova.

In una di tali lettere l'Arlecchino principia con l'accennare a denari, che ha ritirato, in buon punto, da' grifagni artigli di certi mercanti:

Di Milano, alli XI di marzo mandai a V. A. S. una mia con la polizza del Sr Alessandro Beccaria, suo agente, della ricevuta delli settecento fratelli carnali, che ho ricevuto per gratia di quello che fa la coda a i gamberi, e della magnificenza vostra, che mi diede così buon consiglio di levarli da le mani de gli ingordissimi Mercanti, perchè stavano in pericolo di pericolare d'un fallibile et infallibile fallimento, et farmi restare da Nespola, o da Sorbola con il c... sulla paglia.

S'entra, come si sente alla prima, nel ribobolo arlecchinesco, ma il bello viene ora: ecco in qual tuono, tal era l'amicizia, la grazia goduta, il comico poteva parlare al Sovrano. Ed è questo uno dei tratti di storia rimasti più oscuri, e che vorrebbero esser oggi molto studiati. Così noi potremmo ricomporre, per intero, figure di cui oggi si vedono appena, e solo da alcuni eruditi, gl'incerti contorni:

Orsù — scrive Arlecchino al Granduca — per venire a proposito del nostro incominciato ragionamento, io la suplico, prego, consiglio, et comando espressissimamente che, subito veduta la presente, la non manchi di fare quanto gli ordino e comando in questa et in altra mia, che sarà di subito dare ordine al Monte della Pietà di Firenze che mi dipinghino su quel libro creditore delli suddeti settecenti ducatoni.

Sono quelli che sopra ha chiamato i settecento fratelli carnali. Era un deposito di denari da lui guadagnati in Ispagna.

A beneplacito — prosegue la spiritosa lettera — del molto illustre signor Arlecchino de civitate Mantoanarium Comicorum Vestrorum servitororum, tanto del capitale quanto degli uttili, et che subito comincino a lavorare a ciò si guadagnino il vito et che non stiano in otio....

Prega poi il Granduca di mandargli la polizza a Milano:

perchè nell'andare che io farò in Francia passarò per Milano et me li farò dare.... Ella sappia, adunque, conservarsi l'amicitia mia, si com'io so' risoluto di preservarmi la sua in secula et infinita seculorum.

La lettera è in data del 20 marzo 1597, e, per lo stesso tempo in cui fu scritta è uno de' documenti di prosa; fra i più curiosi, mi sembra, che abbia la nostra letteratura.

L'altra lettera a Ferdinando è in data del 28 luglio 1597; comincia:

Perchè siate sicuro che vi voglio bene et che ve amo non tanto per li meriti vostri quant'è per l'util mio

e finisce con la firma

Aff.^{mo} Amicho et quasi fratello Tristano Martinelli, deto Arlechino

e in calce:

Per Ferdinando.

Documento d'una rara singolarità è per noi il decreto con cui il Duca di Mantova dichiarava Tristano Martinelli, arlecchino, Superiore «a tutti i comici mercenari» ai

Zaratani, bagatteglieri, posteggiatori ecc. che mettono banco per vendere ogli, saponetti, historie et cose simili: lo eleggiamo Superiore ad essi in questo nostro stato e nell'altro ancora del Monferrato, sì che alcuno di loro, o solo, o accompagnato, sia di che paese essere si voglia, no habbia ardire di recitare commedie, o cantare in banco; far bagattelle, posteggiare in terra, o metter banco senza licenza di detto Martinelli, in scritto, nè d'indi partirsi, senza la medesima licenza, sotto pena d'essere tutti spogliati di ciò che havranno così comune, come proprio, da essere diviso in tre parti.

E una parte al Fisco, l'altra al Magistrato,

et la terza parte ad esso Superiore.

Qual attore ha mai sognato di avere cotali e cotanti privilegii? E non è nulla.

Vogliamo — aggiunge il Decreto — che egli possa conseguire.... dalli Comici, che reciteranno comedie una mezza parte come si usa fra loro, o mezzo ducatone, come a lui piacerà per ogni comedia, che reciteranno, eccettuata la compagnia dei Comici, che ci serve di presente et ci servirà nell'avvenire, la quale non vogliamo che sia tenuta ad altro che a tenerlo in Compagnia, dandogli la sua parte intera. Dalli bagattallieri quello che converrà con essi, dalli zaratani, posteggiatori che vendono in terra ecc. soldi 6 per cadauno di loro e per ogni giorno che eserciteranno l'arte sua. In oltre concediamo ad esso Martinelli ch'egli possa riscuotere da tutti che faranno festini in questa nostra città, dalle feste di Natale per fino al primo giorno di quaresima, mezo scudo da 6 lire, da ogni capo di detti festini, con questo però ch'egli habbia d'andare sopravedendo tutti i festini et procurare con ogni diligenza che non segui scandali, nè disordine alcuno.

Ecco la vera importanza data a un commediante: importanza che oggi alcuni arlecchini si arrogano con sì scarso effetto!

Il modo ond'il celebre attore firma le sue lettere: Tristano Martinelli, detto Arlecchino: non Martinelli l'Arlecchino: indurrebbe a credere ch'egli fosse il primo attore cui era stato dato tal nome.

La sua fama volava per l'Europa, e alla Corte di Francia si parlava spesso di questo italiano facondo, pieno di lazzi: di questo artista incomparabile. Perfino Enrico IV s'invaghì di udirlo. E il piacevolissimo comico ricevette l'invito, con lettera reale del 21 dicembre 1599 di recarsi alla Corte di Francia con la Compagnia.

Essendo venuta la famma vostra fino a me, et della buona Compagnia de' Commedianti, che voi avete in Italia, io ho desiderato di farvi passare li monti....

scriveva il gran Re, e concludeva:

non vi rincrescerà del tempo ch'averete impiegato in questo mio servigio.

E terminava:

Pregando Dio, Arlechino, che vi abia in sua santa guardia.

Lo stesso Tallemant di Réaux, nelle sue Historiettes, ha conservato un aneddoto fra Enrico IV e l'attore italiano.

Andato Arlecchino a salutare il Re, colse il momento in cui questi si era alzato dal suo seggio, e accomodatovisi egli, si volse al Re, come se il Re fosse Arlecchino, dicendogli: — Ebbene, Arlecchino, io sono contento che siate venuto con la vostra Compagnia per darmi allegrezza; prometto di proteggervi e assegnarvi tanto e tanto di pensione...

Il Re non disdisse, ma gli gridò, di lì a un poco, sentendosi troppo pungere: — Olà, è già troppo che fai la parte mia: lascia che ormai io la riprenda!

Tristano Martinelli lasciava vivo desiderio di sè a Parigi: e non andò guari che al Re e alla Regina prese desiderio di riudirlo.

La Regina ne conferì con la sorella Eleonora, mentr'essa le faceva visita a Fontainebleau. Ma, dubitando ch'ella avesse posto la raccomandazione in non cale, scrisse direttamente al Duca.

Ecco una lettera della Regina:

Mio fratello,

Allorchè mia sorella, la duchessa di Mantova, partì di qui, io la pregai d'intercedere da mia parte presso di voi, affine c'inviaste una Compagnia di buoni commedianti.... Ho voluto scrivervi la presente per pregarvi di farci questo favore, affinchè con la vostra autorità noi possiamo aver qui la migliore Compagnia che sarà possibile, della quale io desidererei che facesse parte Arlecchino, sebbene io sappia ch'ei non vuol far più questo mestiere, se non alla vostra presenza, e per vostro servizio. Ma egli e coloro che verranno, saranno bene sodisfatti.... È questa una cosa che il Re, mio signore, ed io desideriamo con passione.

Neppur Ernesto Rossi, nelle sue Memorie, in cui splendono tanto la verità e la modestia, nel loro massimo candore, ha potuto pubblicare simili lettere. Certamente gli è mancato l'autografo, anzi che il desiderio di pubblicarle. Ma un giorno l'illustre artista pubblicherà se non quelle degli altri, tutte le sue lettere e cartoline postali.

La regina, che scriveva in tal modo al duca era Maria de' Medici: ma dal 1606, data della lettera sopra citata, Arlecchino non potè recarsi in Francia sino al 1613. Da questo indugio un lunghissimo carteggio: lettere di duchi, di cardinali, di sovrani, non escluso Arlecchino, su lo stesso soggetto; e abbiamo fin lettere della regina Maria indirizzate al comico.

Niccolò Barbieri, comico, nel suo raro libro Supplica, ecc. (Venezia, 1634), scrive:

Molti principi e principesse, re e reine, imperatori e imperatrici, hanno tenuto a battesimo i figliuoli de' comici de' nostri tempi e gli honorarono di chiamarli compare e comare.

Appena sa di dover avere un figliuolo, Arlecchino domanda che sia tenuto a battesimo da qualcuno della famiglia ducale. Ed è scelta appunto... Margherita di Savoja! nipote del Re di Spagna, moglie al principe Francesco, figlio primogenito del duca di Mantova.

III.

Sembra impossibile che di Tristano Martinelli, il quale, fra il cadere del secolo XVI, e il principio del secolo XVII, recitò, per circa cinquant'anni, la parte di arlecchino, non abbia fatto menzione quel Francesco Bartoli, che in una specie di Dizionaretto biografico, oggi prezioso, raccoglieva le notizie sui comici italiani del 500 e de' due secoli posteriori.

Tristano Martinelli, se non il primo arlecchino, e forse il primo, per ordine di data, fu certo il primissimo, per eccellenza, fra i comici, che preser tal maschera: il primo, che le desse una sì grande riputazione in Italia, e fuori.

E mi sono ingegnato provare come gli onori da lui ricevuti, la popolarità da lui goduta, superassero di gran lunga, gli onori, la popolarità, di cui, al nostro tempo, possono pur vantarsi d'aver goduto, per esempio in Francia, i nostri artisti più celebrati.

La vita di Tristano Martinelli c'insegna come, fin da tre secoli fa, gli attori italiani fossero accettati in ogni parte d'Europa: e le notizie ad essa attinenti ci rammentano che commedie italiane si rappresentavano in italiano a Parigi anche nel secolo XVI: citeremo i Lucidi del Firenzuola, la Flora dell'Alamanni, mentre in Ispagna, secondo ho già detto, comici italiani recitavano in italiano le commedie dell'Ariosto. E i pittori di scena, gli apparatori italiani andavano in Francia, in Ispagna, e anche in Inghilterra ad adornar que' teatri, per commedie, opere e balli (di questi ultimi già parlai più volte): tanto gl'italiani furono, e potrebbero esser maestri anche in quello, che si crede da molti frivolo, e in cui oggi appena sono scolari. Ciò per ignavia e per mancanza di ragionevoli ordinamenti, poichè oggi la mancanza di coltura, una certa rozzezza, che va, pur troppo, divenendo sempre più italiana, si rivela nel voler intendere per severo costume, e saviezza ciò che, rispetto all'Arte, è barbarie imperdonabile, di cui sentiamo, e sentiremo presto, maggiori, i danni.

Ma torniamo al mio Arlecchino.

Da Bologna l'8 maggio 1559, Tristano Martinelli scrive al Granduca di Toscana: l'avverte che un attore della Compagnia, il celebre Frittellino (dico celebre, poichè questo attore ha un posto nella Storia del Teatro) sa nientemeno che il modo di ristorare il tesoro della Toscana!

Leggiamo:

Ser.^{mo} Gran Duca,

Perchè sempre sono stato affezionatissimo alla A. V. gli fo sapere che qui in Compagnia nostra vi è un mio carissimo compagno di molto giudicio il quale ha confederato[1] con me un suo segreto di molto utile, ch'è cosa nova da lui inventata, che sarebbe la intrata di parecchi mila scudi, senza agravare nissuno, anzi di utile al popolo.... Lui scrive a V. A. la poliza, ch'è qui rinchiusa, la quale V. A. la legerà et subito la si degnerà farmi scrivere la sua intencione a me, perchè il compagno si fida molto di me, et vole che io sia quello, che venga a scoprire questo segreto a V. A....

La lettera è firmata:

Tristano Martinelli, detto Arlechino, il quale scrive di sua propria mano per non si fidar d'altri.

E la polizza annunziata del comico Pier Maria Cecchini è del seguente tenore:

Serenissimo Gran Duca,

Ha piaciuto a Iddio di mostrarmi una strada con la quale posso con mio utile e senza danno di alcuno accrescer a V. A. S.l'entrata di parecchi milla scudi. Per tanto, a questo effetto, manderò Arlechino[2], comico mio compagno, per trattare con l'A. V. S. il negocio et anco quello ch'io ricerco per mia mercede, che sarà una decima di questi frutti ogn'anno, assicurandolo che il popolo minuto n'è per trar qualch'utile, la nobiltà non ne sentirà alcun danno, e pur con strada facile e di buona coscienza voglio, senza cavare da l'altrui borse, rimetere nella sua buona soma de dinari.

Vedremo poi come Arlecchino e il Cecchini[3], sì intimi e carissimi amici, diventassero, a un tratto, secondo accade facilmente, tra gli artisti, vani, ambiziosi, di carattere commovibile, nemici implacabili.

L'amicizia sembrava caldissima nel maggio 1599: nel luglio 1600, mentre la Compagnia italiana recavasi a Parigi, ed era trattenuta dal Duca di Savoia per alcuni giorni in Torino, scoppiavano fra i due divi (non ci dispiace con nuove ridicolezze parlar delle antiche) grandi malumori. La scissura durò un pezzo: e ne riparleremo!

Del primo viaggio d'Arlecchino a Parigi ho già accennato: le notizie sono scarse: mentre ci abbondano quelle relative al secondo viaggio.

Le trattative fra la Corte di Francia e quella di Mantova, per aver Arlecchino e i comici italiani, durano sei anni: — da Enrico IV a Luigi XIII!

1

    Gramo scherzo arlecchinesco, per confidato!

2   Questa designazione così generale, *manderò Arlecchino,* sarebbe altra prova che non v'erano altri arlecchini.

3   Il Cecchini scrisse un libro sull'arte del recitare *Fruti de le moderne Comedie,* di cui ho lungamente parlato altrove.

Lo spazio di due regni è riempito dalle bizzarrìe, dai ripicchi, da' puntigli, dalle gelosie, dalle vanità di prime donne e di primi attori: cose che sembrano incredibili ma i documenti ci attestano vere!

La Regina di Francia, Maria de' Medici, scrive ella stessa ad Arlecchino:

Io prego mio fratello, il Duca di Mantova, di mandarci una compagnia dei migliori comici italiani, che siano costà. Procurate di essere della partita e accomodarvi agli ordini che detto mio fratello giudicherà in proposito e fate che tutti insieme siate a Lione nel mese di settembre.... Io darò gli ordini al mio Tesoriere.... e saprà ben contarvi il denaro pel vostro viaggio, di maniera che voi e la vostra Compagnia resterete contenti. Non mancate dunque, come non mancherò io. Addio. MARIA.

Non lo desideravano soltanto i Re, le Regine, ma perfino i cardinali: e il cardinal Gonzaga gli fa premure perchè vada a Roma, e non ne avverte il Duca di Mantova suo padre, che rifiuta il permesso ad Arlecchino, allorchè questi si presenta a chiedergli comiato.

Arlecchino è sulle spine, perchè vede sfumare un bel guadagno, e scrive di soppiatto al cardinale per insegnargli com'addolcire il padre, e gli strattagemmi, affinchè egli possa recarsi a Roma.

Subito.... io mi messi all'ordine per andare dove lei mi comandò, cioè a Genova, per menare la Compagnia a Roma, ma prima, per el debito mio, andai a tor buona licentia da S. A. S. et dirgli adio, dove che S. A. intendendo che io venivo a Roma, mi fece una bravata criminale, dove che io restai tuto atonito.... Se lei non mi aiuta a scrivere due parole per mio conto a S. A. S. che mi lasci venire a Roma, o lasciarmi andare a Milano, io perdo duecento o trecento ducatoni, i quali sarebe un buono aiuto di costa per me....

Due o trecento ducatoni! Un ducatone era uno scudo d'argento, equivalente oggi a sei franchi. In quel tempo, dunque, mille duecento, mille ottocento lire erano una buona somma, un buon aiuto di costa, per un grandissimo artista. Che differenza nel valore del denaro — e degli artisti!

Ho riferito che sovrani e sovrane, in quei secoli, tenner spesso a battesimo i figliuoli de' nostri comici.

Arlecchino sta per avere un secondo figlio: del primo ho già parlato: e scrive alla Regina di Francia che voglia tenerlo a battesimo.

Peregrina è la lettera, in risposta, di Maria de' Medici.

Arlecchino

Ho inteso con piacere dalle notizie, che mi mandate, come vostra moglie, oltre il figlio che Dio v'ha dato per suo mezzo, sia incinta d'un altro. Per ciò vi dico che ho accettato volentieri la preghiera, che mi fate con la vostra lettera, di presentare al battesimo la creatura, di cui vostra moglie si sgraverà, scrivendo in proposito alla signora Ippolita Todra,... per rendere di costà cotesto buon ufficio in mio nome. Io vi rimetto la lettera e sono sicura che vi sarà gradita la scelta che ho fatto e resterò ben contenta di quella che avete fatto del mio nipote, il principe di Mantova, che lo presenterà.

Non gli manda subito il regalo perchè, gli ripete, lo aspetta a Parigi.

....non l'ho differito che per darvelo in proprie mani e a questo effetto v'incarico e vi prego di riunire con voi una buona Compagnia di comici italiani e incamminarvi a questa volta il più presto, e, frattanto, io darò ordine di farvi recapitare il denaro per il vostro viaggio.

Ma doveano scorrere altri due anni, non ostante i reali voleri, prima che Arlecchino si recasse in Francia.

Avuta per comare la Regina, incomincia a chiamarla, nelle sue lettere, comadre regina gallina (cioè: Regina de' Galli): e a firmarsi: compare cristianissimo! e il cardinale Gonzaga chiama: compadro gallo della gresta rossa.

Deve aver un altro figliuolo: e il 4 ottobre 1613 scrive da Fontainebleau al conte G. Striggi in Mantova:

Mia moglie.... fra pochi giorni partorirà, et il Re à da essere il Compadre et sua sorella la Regina di Spagna la Comadre: et lo vogliono tenere de sue mane proprie al battesimo et se gli è maschio il re lo vuole per lui, et se gli è femina la Regina la vuole per lei, et mia moglie lo vorebe per lei, sì che io sono intrigato a contentargli tuti tre: io ho pensato, per levare l'ocasione di questo romore di.... et darviene uno per uno a ragion de' gatti, ch'el pare che i figliuoli di Arlecchino siano gatticini da donare....

Ormai Arlecchino, indirizzandosi al Duca di Mantova lo chiamerà sempre «signor Compare et serenissimo signor cugino:» e così altri Principi!

Nel 1614, Arlecchino è costretto a partir da Parigi, poichè

....cominciò la guerra civile, dove la Compagnia ne ha avuto gran danno.

E, in Piemonte, lo ferma, e gli doventa compare, anche Carlo Emanuele il Grande, di Savoja.

Le relazioni fra Arlecchino e il duca di Savoja (che egli chiama arlecchinescamente: il duca de su voia)[4] meritano un po' d'attenzione.

Rilevo questo branetto di lettera, che l'attore scrive al Duca di Mantova:

Io me ne vive inanti con la mia famiglia per Savoia, et dieci giorni sono, pasando per Vercelli, trovai il S.° Duca de sua volontà, o de sua voia, il quale era un quarto de milia lontano di verze ch'el faceva pasar la sua armata; et vedendomi mi chiamò et mi adimandò dove era i comedianti, perchè el voleva de le comedie; io gli dissi il tutto; al fine el mi donò il mio solito tributo, che è un cavalo, sempre che paso per Turino, ma, perchè i cavalli erano tutti impediti, el mi donò un mulo di ducati 60, et intendendo che il Re (Luigi XIII) et Mad. sua sorella aveva tenuto un mio figliuolo a battesimo et che mia moglie era gravida, el me dise che voleva esser mio compadre ancor lui; io stavo in dubio di acetarlo, et poi, consideratis, considerandi, considerai, che se dicevo di non lo volere per compadre el non mi dava el prefato mulo.... Sì che io lo accettai ancor lui in l'accademia d'i miei compadri, che non è poco favore questo io gli ò fatto....

Si veda, dunque, che importanza aveva Arlecchino e come non gli mancassero motivi di vanto; e ciò è sì vero ch'egli non si perita, scrivendo a sovrani, o a gentiluomini, parlare di sè, al plurale, con questa formula di prammatica

....la nostra arlechinesca persona!

---

4   Per: *voglia.*

IV

Ora vediamo quanto fosse arduo, anche tre secoli or sono, tener d'accordo gli attori, formar buone Compagnie, conciliar tutti gli estri, gli esagerati amor proprii, le pretese infurianti sul palcoscenico!

Si tratta di formare la Compagnia, che Arlecchino deve condurre a Parigi, per la seconda volta.

Ecco gli strattagemmi, cui egli ricorre: si direbbe proprio di raffinata diplomazia: come a preparare un avvenimento politico di singolare rilievo.

Arlecchino scrive al Cardinal Gonzaga:

....Se S. M.^uatà desidera una buona Comp.ª bisogna che la facia quanto io gli ò scritto et subito scrivere una letera a S. A. S. che lui sia quello che mete una buona Comp.ª insieme, et comandarmi a me che la conduca in Franza a servire S. M. et anco farmene scrivere un'altra a me che dica che la Comp.ª venga alegramente che sarano ben tratati et che gli sarà pagato i viagi del venire in Francia et da tornare in Italia: perchè chi vuol condurre una Comp.ª buona fuore d'Italia bisogna fargli delle proferte assai, perchè V. S. Ill.ma sa che le buone Compagnie guadagnano da per tutto e bene....

Verità, che molte nostre Compagnie non vogliono oggi comprendere: e credono, unicamente perchè sono cattive, poter piacere fuori d'Italia!

E in altra lettera:

Avisai, come aveva a fare per avere una buona Compagnia in Franza: et a ciò che V. S. Ill.ma sapia come bisogna fare per avere detta C.ª io lo dico anco a lei. Bisogna che subito S. M. scriva due lettere, una a S. A. S. che deba metere insieme una buona Comp.ª per questa Pasqua et fare che io l'abia da condurre a Parigi et che S. A. me lo comanda lui et poi scrivermene un'altra a me che li comici che verano in Francia a servire S. M. sarano ben trattati et ben visti da S. M. et che in particolare gli sarà pagato il viaggio del venire a Parigi et per tornare in Italia, come fece anco S. M. buona memoria, et anco V. S. Ill.ma ne pol scrivere un'altra che mi venga a me, che dica il medesimo et far animo a costoro.... Ò auto una sua, che va alla signora Florinda, la quale è a Bologna....

Col nome di Florinda era conosciuta la prima donna allora più in voga: Virginia Andreini.

Ma udite che fina diplomazia!

....Non sarebbe male che V. S. Ill. gli scrivesse una letera anco a lei in questo particolare, esortandola che, se la viene in Franza, beata lei et, oltre al bon guadagno, che si farà in generale, che ce ne sarà anco particolare: in suma bisogna chiaparle come si fa le rane, al boccone (!): io so che V. S. Illma ha giudicio in tutte le cose et, in particolare, la sa che cosa è comediante....

Povere prime donne! Così giudicate, non da un critico, ma da uno della famiglia, che dovea bene conoscerle! E, in trecento anni, dire che non sono punto mutate.... in meglio!

Quest'ultima lettera d'Arlecchino ha la data del 3 decembre 1611: però si scorge che la sua diplomazia a nulla approda!...

In data del 14 decembre, undici giorni dopo, il cardinal Gonzaga riceve a Parigi una lettera della prima donna Andreini: e una prima donna, per giunta, che aveva un marito attore. I mariti delle prime donne sono i soli mariti, che facciano sempre l'elogio della propria moglie.... per interesse.

Cominciano, dunque, i ripicchi.

Faccia V. S. Illma — scrive la prima donna al Cardinale — quello che di me più le agrada, ma averta, per gratia, due cose: l'una che il carico di far la Compagnia lo debba haver io et mio marito, per non perdere l'ordine che in queste parti habbiamo di farle, come al presente io ho la meglio Compagnia, che reciti. L'aver Arlecchino mendicata l'autorità di far lui la Compagnia non piace ad alcuno, et quando lui far la dovesse, alcun comico non anderebbe, sapendo che è troppo interessato.... Sì che farà di bisogno, piacendole (e come è ironico quel piacendole, dopo il farà di bisogno: vero cervelletto autocratico di prima donna!) far che in nome di S. M. sia fatta commissione a Lelio et Florinda di far la Compagnia....

E poi indica in qual sala vorrebbe recitare!

Il Duca entra allora, chiamato in causa dal cardinale suo figlio, a occuparsi dell'affare; poiché gli affari di cui oggi si occupano gl'Impresari e i così detti agenti, allora domandavano nientemeno che l'intervento di Sovrani. I Sovrani facevan da sè gli agenti teatrali. Come oggi molti uomini di Stato fanno da sè la parte di commedianti. Forse si deplora che manchino esperti commedianti al Teatro, poichè i migliori, i più abili, sono tutti occupati nella politica.

Già anche fra due prime donne era sorto un dissidio.

Nissuna cosa — scrive il duca al cardinal suo figliuolo — potrebbe commandare, o desiderare da me la Maestà della Reina, che non l'intraprendessi con tutto l'animo, ma il metter insieme una buona Compagnia di Comici, in questo tempo et in questa dissensione di Florinda et di Flaminia l'ho per impossibile, non che per difficile, havendone già la prova, poichè, per quanto diligenze io habbia fatte, non ho potuto unirli, nè ridurli ad andare a servire il Re d'Ongaria nelle sue nozze, come desiderava, non ostante tutte le comodità che se gli offrivano per parte di S. M. et mia.

Intendete: il duca di Mantova, il re e la regina di Francia, il re d'Ungheria, un cardinale, nulla poteano ad ammorzare la collera di due prime donne e d'un Arlecchino: e doveano, anzi, subirne i capricci!

Circa Arlecchino, continua il Duca:

E, se Arlecchino, per suoi interessi e taccagnerie dà ad intendere alla Reina et a voi diversamente, egli si move più col suo senso che con la verità, la qual'è come vi ho detto; nè mi ardirei a mandare in una Corte di Parigi, sotto mio nome, la Compagnia di Florinda e d'Arlecchino nel modo che ora sta....

La lettera del Duca è del gennaio 1612.

Nel giugno 1613 Arlecchino, malgrado le proteste di Florinda, e le dichiarazioni del Duca, è incaricato di formar la Compagnia.

La Regina Maria gli scrive nel luglio che ha già ordinato gli sian pagate a Lione le spese del viaggio in lire tremilaseicento;

...ma bisogna — scrive — che procurate di condurre la Compagnia di Florinda, o vero di Flaminia, con Frittellino, le quali due si stimano per le migliori d'Italia. In fine, siate sollecito di venire per questo settembre prossimo et accompagnarvi di persone degne della reputacione di Arlechino, imperoche di questo io et il Re mio figliollo ne riceveremo gusto et contento.... Pregando Idio, Arlechino, che vi tenga nella sua santa protecione.   MARIA.

E qui non cessano i guai.

Arlecchino scrive al Cardinale:

....Gli fo sapere che subito che ò ricevuta la su detta lettera la mostrai alla S.ª Florinda, la quale non desiderava altro, ma essendosi alquanto insuperbita, come qui lo intenderà, la saperà che pochi giorni inanti lo arrivo di deta letera la se era contentata che la signora Flavia venisse a recitare con lei, con gli medesimi patti che erano prima tra di loro, con quelle sue maledette ambizioni di tutte le comiche, di voler fare le prime parti una settimana per uno: hora, al restringere della Compagnia per andar in Franza, la signora Florinda non ha volsiuto star a quei patti et il Capitano[5] marito della signora Flavia, intendendo ciò, s'è adirato et dice che, in conto nissuno, non vol più che sua moglie vada in Francia, nè manco lui ci vol andare....

5

    Uno de' personaggi della vecchia Commedia si chiamava il *Capitano Matamoros.*

Pettegolezzi!... — direte — ma invece di Flavia e di Flaminia, mettete.... stavo veramente per scriver altri due nomi di donne, anzi di prime donne... e avrete, non più storia antica, ma cronaca.... di ieri. Le maledette ambizioni di tutte le comiche: e Arlecchino parlava al femminile perchè ci trovava il suo conto: sono pur troppo anch'oggi il massimo ostacolo al fiorire delle buone Compagnie drammatiche, alla razionale distribuzione delle parti, e furono causa per cui vennero a mancare i tentativi più generosi, fatti, pur di recente, per crescer decoro all'arte recitativa.

E si osservi che le Compagnie, nel secolo XVI e XVII, non erano molto numerose.

In una lettera a un suo compagno comico Arlecchino ha queste linee:

....Lei non scrive per altro a V. S. Ill. e al signor Compadre Duca, a ciò che ambi due dobiate fare una bona et perfetta Compagnia de' comici, dove sia dentro questi personaggi: la signora Florinda, suo marito, Flamina, Frittellino, Cincio, Flavia, il Capitano rinoceronte et io, et dui altri personaggi buoni, cioè un Gratiano et un bon Pantalone.

Ecco, dunque, una Compagnia buona et perfetta!

E allorchè nel 1621 la Compagnia tornava per la terza volta a Parigi era composta di dieci persone.

Tristano Martinelli Arlecchino, Gio. Batt. Andreini, detto Lelio, Giovanni Rivani, Girolamo Garaccini, detto il Capitano, Lorenzo Nettuni, detto Fichetto, Federigo Ricci, detto Pantalone, Virginia Andreini, detta Florinda, Virginia Rotari, detta Lidia, Urania Liberati, detta Bernetta: e un certo Ricci, detto Leandro.

Ma un altro documento sono lieto di pubblicare:

«Nota de' Comici, che sono obligati all'Ill.^mamo signor M. Francesco Angelelli:

Eulalia, Florinda, Marco, Silvio, Capitano Sangue e Fuoco, Pantalone, Stopino, Dott.^e Bombarda, Bagolino.

Quelli che mancano per il compimento della Compagnia e si desiderano, sono:

Flaminio e sua famiglia, Truffaldino, la Serva a ellettione di Flaminio.

(Lettera di Fr.^co Angelelli al sig. Montemagni Segretario del Cardinale Gio. Carlo dei Medici).

Tali elenchi sono curiosi, se si ripensi che sono elenchi di Compagnie primarie: e vanno studiati tra i documenti, che ci possono istruir tanto sul repertorio e su altre questioni artistiche del tempo.

V

Abbiamo più sopra cercato di raccogliere i documenti circa il modo onde una Compagnia comica, primaria, si componeva nell'aprirsi del secolo XVII; da quante persone era formata: or abbiamo un altro documento, più speciale, sulla designazione de' varii personaggi.

L'Arlecchino Tristano Martinelli, in una lettera al cardinal Gonzaga, con data del 15 agosto 1612, ci porge queste notizie.

Si tratta sempre della Compagnia d'attori italiani, che dovea andare in Francia alla Corte di Luigi XIII e di Maria de' Medici, e che Arlecchino era stato incaricato di riunire.

Al solito, secondo abbiamo già indicato, i ripicchi fra prime donne impedivano che la Compagnia si componesse.

Le due prime donne Flavia e Flaminia volevano, e su ciò non si trovavan d'accordo l'una con l'altra, «fare la prima parte una settimana per una.»

Ora si veda che singolar discrezione! Ciò che ad Arlecchino sembrava sconcio, da attribuire alle «maledette ambitioni di tutte le comiche,» oggi può sembrare ad un critico imparziale voglia assai modesta.

Noi abbiamo donne, quinquagenarie, che si ostinano a voler far sempre le parti di prime donne, e, più che gli anni trascorrono, più si attaccano alle parti di ingenue, di pudibonde verginelle, di languide amorosette, di vaporose castellane da idillio! E con una perseveranza degna di miglior causa, non danno tregua, un giorno, o a meglio dire, una sera nell'anno, sia pure il più bisestile, ai pubblici annoiati, e sazii, di tutta Italia. Anzi, confiscano, contro ogni attrice giovane e promettente, tali parti. Ciò accade sopra tutto nelle Compagnie, ove la prima donna e il capocomico sono moglie e marito, formano un'unione, tutt'altro che fortunata.... per il pubblico: o, a dir più reciso, formano un'aggressione contro il pubblico!

In quanto a me, se debbo dire su questo la mia opinione che nessuno mi domanda, vorrei poter sostenere con autorità che, come l'amore è proibito alle ragazze minorenni, così fosse proibito, e sarebbe maggior giustizia, anche alle donne quinquagenarie, magari su la scena! È grottesco veder un giovane attore, che sospira parole di dolcezza, e adora, come l'ideale d'una giovanile passione, l'avanzo di molte e attive campagne: ammetto pur tutte gloriose. Si dovrebbe conferire con ogni solennità a certe prime donne la medaglia al valore, che esse hanno certo guadagnato con numerosi fatti di guerra — e accomiatarle una buona volta, dopo la solennità, dal palcoscenico allorchè l'età loro è doventata un vero problema di matematica — fondato su la sottrazione.

Il nostro Arlecchino, dunque, scrivendo al cardinal Gonzaga degli ostacoli, che gli si parano innanzi, nel formare una nuova Compagnia, tra le pretese delle prime donne e la vanagloria degli altri attori, osserva:

Bisogna che V. S. Illma sia quella che, con il suo ingegno e otorità, faccia in modo che queste due donne si acordino insieme per questo servicio per un anno solo: et di più bisogna....

qui abbiamo renumerazione della nuova Compagnia

che la ne faci avere Zanfarina, o vero Scapino, che si è tatto un bon Zane[6]: uno d'i due ne bisogna perchè Pedrolino non à più vigor naturale per la vechieza, et se potessimo anco avere un certo Fulvio, che fa da Gratiano e da inamorato, non sarebe, se non buono: et quasi tutti questi personagi sono a Venecia. Scapino è con Fritellino, il quale non à molto bisogno di lui per aver tolto in Comp. Mezzettino, che fanno tutti dui una parte moderna.... Questo è quanto fa bisogno a fare una buona Comp.^{aa} perchè il resto l'abiamo noi.

Le astuzie di Arlecchino, gl'intrighi degli altri comici, ci si rivelano nel poscritto di detta lettera. Arlecchino, fra altro, indica al cardinale come deve fargli recapitare la risposta, poichè vi sono cazatori de letere: gliela mandi all'ambasciatore del duca di Mantova in Milano: poichè, ad accozzare una Compagnia di comici, ci volevano allora re, regine, duchi, cardinali, ambasciatori, e tutto un lavorìo di fina diplomazia, secondo abbiamo già rilevato.

Leggiamo attentamente il poscritto d'Arlecchino: ne vale la pena:

La indiriza la letera al Sr Alessandro Strigi, ambasc.^{re} nostro qui in Milano, che lui me la farà aver sicura, et non in altro luoco, perchè vi è d'i cazatori de letere, che non desiderano altro che mandare questo negocio in nulla. Se gli paresse di scrivere una letera alla S.^{ra} Florinda che si contentasse del dovere, et acordarsi con la sig.^{ra} Flavia, et scriverne o farla scrivere al Sr Francesco, alla Sig.^{ra} Flavia, che la non perda questa buona ocasione et che la deba venire in Francia per un anno a questo servicio et, per dire il vero a V. S. Illma il Cap.^o suo marito è lui che mi à detto che avisi di questo, et son certo che la S.^{ra} Florinda si accorderà, per chè dipoi ch'ò scritto questa, lei mi à parlato et quasi l'è contenta — (quasi l'è contenta: quanto ciò sa di prima donna!) — ma però non è se non buono che V. S. Illma gli scrive et la ne scriva una per me a Mantova, e in quella della S.^{ra} Flavia et l'altra a Milano....

Se si fa un paragone di buon senso, di amore all'arte, fra gli attori antichi e i moderni, i moderni riportan la palma... a loro giudizio; ma il contrario accade, stando alla storia.

Abbiamo veduto, a' tempi nostri, esimii attori italiani andarsene in paesi

---

6

O *Zanni:* il personaggio grottesco dell'antica commedia.

forestieri, a capo di un vero stabulario; poichè non ci è lecito parlar di Compagnie. Una diecina di bipedi, che poteano aver diritto al titolo di vaganti, non a quello d'esser più o meno ammaestrati, circondava il divo o la diva, latrando: come già, con un seguito di cani, i mortali credeano aver veduto la dea Diana!

La mancanza di affiatamento, d'insieme screditò l'Arte italiana, invece di crescerle nome, in tutti quei paesi ove il pubblico è più colto: ove un attore non può sperar d'avere quello stesso successo che aspetta le balene, di qualche diecina di metri, o gli elefanti violinisti.

Un attore celebre, come Tristano Martinelli, benchè desiderato da Sovrani, aspettato per anni, benchè il suo arrivo in un paese fosse preceduto da lunghi negoziati diplomatici non si contentava di circondarsi di bipedi appena parlanti. Abbiamo riferito che voleva una Compagnia buona et perfetta. Non aveva paura delle concorrenze, accanto a sè! E noi abbiamo visto invece i nostri grandissimi attori gelosi degli applausi d'una prima donna, o d'un brillante; le nostre grandissime attrici, che rifiutano, o cercano mandar a male, commedie, ove l'amorosa, o la seconda donna possono aver una parte, che ne metta in rilievo i pregii, e loro concilii simpatia!

VI

Arlecchino invia al Cardinale Gonzaga, in data del 26 Ottobre 1612, le lettere scritte a lui e al Duca di Mantova dalla regina Maria di Francia.

....In la risposta datemene segno, il qual starò a spettare con desiderio grandissimo et vi prego a non mi fare far la morte del cane di Nerone, che morì guardando certi salami. Io vi mando la letera di S. M. comadresca, in la quale io m'imagino ciò che ella volle et lo vedrete. Lei non scrive per altro a V. S. Illma e al Sr Compadre Duca a ciò che ambi due dobiate fare una bona e perfetta Comp.^a....

E aggiunge: e qui è il punto su cui richiamo il lettore:

Toca a voi dui signori Compadri ad acomodare queste creature insieme, perchè la forza Arlechinesca non è bastante a farlo. Sopra di questo non vi dirò altro: solo che io ò promesso a S. M. di andarla a servire per 6 mesi, mentre che vi vada una buona Comp.^a come lei desidera: et se la Compagnia che si farà non sarà nel modo che S. M. desidera, io mi dichiaro di restarmene a casa mia, per non perdere quella poca di reputacione che mi sono acquistato in Francia.

Vedete che cervelli avevan gli attori italiani circa trecento anni fa! Credevano essi perdere della loro reputacione artistica, andando a recitare con mediocri attori. Oggi i cervelli sono stati rimpendulati? Vediamo attori, giunti all'apogeo della gloria, andar guitteggiando con infime Compagnie, passando sopra a ogni jattura dell'Arte, quasi avessero bisogno di sagrificar tutto, anche sè stessi e il loro nome, per un tozzo di pane!

E poi vi è tra costoro chi ha il coraggio di lamentare la decadenza dell'arte; il poco rispetto, che vi è ad essa in Italia. Ma, che rispetto potrà avere un'Arte, i cui apostoli, diciamo pure così, la danno, per primi, a motivo di dileggio? Volge un periodo in cui nell'arte che amiamo, anche i migliori, salvo qualche eccezione, sembran guasti dalla tabe dell'istrionismo; e ci resta appena da cercare un conforto, una speranza nei giovani, che non seguano tristi vestigia, e che, per ora, fra tante caligini, non sappiamo ove siano. Forse ce n'è uno, forse ce n'è più d'uno: l'Italia aspetta questo attore ispirato.

Ma bisogna, sopra tutto, accostumare i nostri giovani artisti a udir la verità, che pochi possono lor dire, e dalla quale si sono dissuefatti, tanto riesce loro incomportabile. Alcuni smaniano, all'udirla: minacciano di mordere: come se non fossimo straziati abbastanza dall'averli sentiti abbaiare.... Certi Attori ci fanno paura in un solo momento — quando recitano! La verità si deve dire anche a' migliori, forse infatuati troppo di sè. Bisogna porgere ad essi, come si porgono a certi fanciulli, abbenchè ripugnanti, le medicine onde s'aspetta la loro salute.

Torniamo al nostro Arlecchino.

Un giorno la regina di Francia vedendo che le bizze dei comici e delle comiche non quietavano, scrive al duca di Mantova.

Mio Nipote,

Il Re, mio signor figlio, ed io avendo desiderato di avere una buona compagnia di comici italiani, ho scritto ad Arlecchino di formarla al più presto possibile, ma io temo che, senza il vostro comando, e la vostra intromissione, non possa fare la Compagnia così completa come io desidererei. Perciò vi prego di ordinare a' suoi commedianti, che stimerete buoni personaggi, particolarmente a Florinda e a Flavia, di accordarsi insieme e disporsi a partir subito. Assicuratili che tutti ritorneranno contenti.

MARIA.

E innanzi la Regina avea scritto ad Arlecchino (3 settembre 1612):

È necessario fare il vostro possibile per vincere le difficoltà di quelli della vostra Compagnia ed insieme assicurarli che mai nissuna Compagnia di commedianti è stata tanto bramata in Francia, come sarà la vostra: essendo perfettissima, secondo mi assicurano. Ho avuto grande piacere, sentendo che Florinda e Flavia erano contente di venire in mia consideratione, ma mi rincrebbe assai che non siano d'accordo insieme. Farò in modo tale che si accorderanno e tutti quelli che si imbarcheranno con voi se ne ritorneranno sodisfatissimi. Se fosse possibile di menare Fritellino et Flaminia l'haverei a caro.

E sempre al Cardinal Gonzaga, Arlecchino scrive, a proposito della incontentabilissima e capricciosissima Flavia:

In unire questa benedetta Compagnia ci vuole altro che autorità Arlecchinesca, però sarete contento di cominciare a disporre la signora Flavia, a ciò la venga a questo servicio, et se lei si scusasse con dire che gli è malsana, ditegli che li farete dare delle medicine soave, chè la guarirà, et se lei dicesse che non li piace le medicine per esser dolce, ditegli che gliene darete di brusche, essendo che a lei gli piace più il brusco che il dolce: ciò intendendo, la si potrebbe contentare: et non mancate di gracia di mettere le vostre forze perchè si faccia una bona Compagnia da andare in Francia questa quaresima.

Il 27 maggio 1613 la Regina tornava a far nuove premure per aver i comici italiani e scriveva al Martinelli:

Oltre la lettera, che vi ho scritta in replica a quella che mi avete diretta a nome della Compagnia, che ha tanto indugiato a risolversi, ho voluto particolarmente con la presente ringraziarvi delle cure, che vi siete dato per riunirla, e mi ricorderò di provvedere a tutto ciò che sarà necessario perchè tutti quelli che ne faranno parte restino sodisfatti. In quanto a voi, in particolare, dovete tenervi per assicurato che tutta l'Arlecchineria se ne ritornerà contenta del re, mio signor figlio, e di me....

Un accenno, e importantissimo anche questo per la Storia dell'Arte, troviamo in una lettera del Martinelli circa le recite de' comici antichi date al pubblico.

Da Fontainebleau scrive il 14 ottobre (1613):

Staremo qui fino a ognisanti, et poi a Parigi, dove reciteremo in pubblico: quello sarà il magior guadagno.

Ciò indica che gli spettatori affluivano numerosi alle commedie: e che i prezzi erano assai alti, per quel tempo, come vedremo.

E continua:

Sin ora mè stato donato sei vestiti, tutti interi, con i ferajoli fodrati di felpa, et denari, sichè sin hora io ho avanzato mile et due cento ducatoni.

Circa cinquemila franchi, dacchè aveva appena cominciato questa gita in Francia e aspettava maggior guadagno.

In altra lettera, parlando del duca Emanuele di Savoja, ha alcune linee preziose, da cui si ricava com'eran pagati i comici: qual era il prezzo del biglietto d'ingresso a una recita.

Gli fecimo (al Duca di Savoja) una comedia, la quale gli piacque assai et ne fece fare altre sei comedie a Torino et, in termine di 13 giorni, ne spedì con ducatoni 400, et 100 ne diede il duca di Nemours (in tutto circa duemila franchi): ce ne venissimo a Lione, dove anco questi S.^{ri} hanno voluto 4 comedie in pubblico. Abbiamo fato pagare 10 soldi, che sono 33 de' nostri, per persona; in 4 comedie abiamo fato ducatoni 220 in circa et sobito gionti il Tesoriere di S. M. ne diede D.^{t} 1200 in oro (circa 11 franchi l'uno) sichè le nostre cose sono pasatte meglio di quello che io credevo: dimane noi partiremo per Parigi....

Il biglietto d'ingresso era stato dunque di dieci soldi. Il soldo francese rispondeva allora a quindici centesimi nostri: il prezzo d'entrata era stato quindi d'un franco e mezzo. S'incassavano 220 ducati, circa millecinquecento lire: in quattro recite!

Sarebbe una ottima media, anche oggi, per una delle nostre Compagnie più importanti.

E in altra lettera, da Lione (26 agosto 1613):

Arrivando a Chambery l'Ecc.^{mo} signor marchese di Lanoze governatore ne fece un affronto di ducatoni cinquanta per una comedia et pagò tutte le spese cibatorie alla Comp.^a et poi giungessimo qui (a Lione) dove il luoco tenente del sig. Governatore con tutti questi signori ne fecero pregare, et ne accomodò una stanza a sua spesa et per forza ne ànno fatta fare in publico quatro comedie....

E da tali linee, abbiamo pure un'indicazione assai importante sulla specie di Teatri in cui recitavano al pubblico: una stanza qualsiasi, cioè, accomodata per tale scopo.

Abbiamo veduto, anche nel nostro tempo, attori di qualche reputazione tributarsi da sè gli onori di busti, di glorificazioni, più o meno legittime, ma sempre sincere, per la persona da cui muovevano e che le offriva a sè stessa, con indiscutibile spontaneità.

Così Arlecchino, il quale aveva edificato un molino in Bigavello, faceva apporre all'ingresso del medesimo tale iscrizione:

> Mi son quel bel Molin de Bigavel
> Acquistat d'Arlechin comic famos, ecc.

E, se è il primo, non è certo l'ultimo Arlecchino, che si sia gratificato di epigrafi, o di altre espressioni laudatorie in pietra, in marmo, o magari in autografi. Hanno capito che, in certe cose, non si può mai essere così ben serviti come da sè stessi.

Gli anni corrono, ma non cessan le ire, gli sdegni, i puntigli fra i comici: fra coloro che furon chiamati i virtuosi da un uomo, che certo si serviva della parola a nascondere il pensiero.

Fra loro si minacciano persino di morte... Come si vede, l'accordo fra camerati fu sempre perfetto!...

Tra le lettere inedite di Arlecchino, che presto auguriamo possano essere tutte pubblicate, ve n'è una al Duca di Mantova, in data del 16 ottobre 1620:

Io fo sapere a V. A. — scrive Arlecchino — che Nicola, fratello di Flaminia, avendo inteso che V. A. m'à fatto la lettera per il signor Ambasciatore perchè avisi Frittellino che ne lassa stare e ch'el non disvii dalla Compagnia Aurelio, l'à uto a dire che vol venire alla strada a mazzar Aurelio e queli che aveva fatto dispiacere a Frittellino, dove prego V. A. S. per levare i scandali, che potrebero intravenire perchè costui à amicizia, se non de' ladri et gente cative, come V. A. S. debe sapere, mandar subito a Mantova et farlo retenire sin tanto che posiamo esere a Turino....

Il Martinelli ebbe, come ho accennato, un fratello, Drusiano, che negli anni 1577 e 1578 fu in Inghilterra e recitò dinanzi alla regina Elisabetta, la sorella di

Maria Stuarda: fu dieci anni dopo con lo stesso Tristano in Spagna, e quindi in Francia, come oggi si direbbe, capocomico, della Compagnia degli Accesi. Ebbe per moglie un'attrice, Angelica, che levò grido di sè, ed egli in una lettera, scritta da Firenze al Duca di Mantova, si firma: Drusiano Martinelli, marito di M.ª Angelica.

I bisticci, gli scandali sollevati da questa donna sono inenarrabili.

Se Niccola fratello di Flaminia — come scrive Tristano — voleva mazzar Aurelio su la strada — ecco ciò che scrive Drusiano a un capitano del Duca:

Gaspero Impriale, pavese, è qui in Milano risoluto di tagliare il volto ad Angelica per comisione della Malgarita comica....

Fino gli uomini mascherati — in bauta — lo perseguitavano.

Quelli due imbautati che ho detto a V. S., sono stati anco tuta sera imbautati su questi cantoni e, pasegiando molte volte inanti la mia porta, io gli ho fatto parlare per signor Julio Tornelli scrimatore. Loro gli hanno risposto che la strada è comune. Io ho mandato a chiamare il loro tenente del bariselo (Bargello), che loro erano qui, et è venuto, ma mi ha detto non aveva alcuna comisione de pigliarli. L'uno de questi dicono, se adimanda Ottavio Caura, et l'altro dicono esser un guantaro, tuti dua soldati di corte.

Ma lungo troppo sarebbe al mio proposito il raccontar qui, con minuzia, tutto ciò che si riferisce a Tristano — singolare artista, così ingiustamente dimenticato.

Finirò col dire ch'egli morì ricco: sorte ch'ebbe comune con altri istrioni fortunati e pur di assai minor ingegno di lui.

Il suo testamento ci dà un'idea delle dovizie da lui possedute.

Lascia a Cassandra De Guanteriis sua moglie tutti i gioielli, le vesti di seta e d'oro, le catene regalategli da regine, da principi, com'era uso, le argenterie, tutti i quadri, gli arazzi, le tappezzerie di cuoio dorato. Però vuole che i quadri, i cuoi dorati, sieno depositati nella cappella del Rosario da lui fondata nel villaggio di Due Castelli.

Lascia legati ai figli legittimi e ad un figlio, che lo aveva accompagnato in Francia nel viaggio del 1601, e che era nato da una tal Caterina di Parigi.

E, fra gli altri lasciti peculiari dell'Arlecchino Martinelli, c'era questo: che ogni martedì mattina si dicesse per lui una Messa nella chiesa della SS. Annunziata di Firenze, all'altare privilegiato, per liberare la sua anima dal Purgatorio.

E giova credere che a quest'ora sia stata liberata!

Arlecchino morì a 75 anni.

L'attore Pedrolino, suo contemporaneo, recitava sempre a 87 anni; e faceva ridere, dicono: il che crediamo senz'alcuna difficoltà.

Il solo veritiero racconto della Vita di questo Arlecchino è una buona commedia.

Forse non fummo male ispirati a tesser in breve tale racconto. Le buone commedie sono oggi sì rare!

L'EPISTOLARIO D'ARLECCHINO

Al mio car.^{mo} Tutore M. FERDINANDO MEDICI cittadino principaliss.° della Toscana et patrone assoluto di Scarperia.

Alla Camera segreta di S. A. S.

Sereniss.^{mo} Gran Duca, et mio Tutore osserv.^{mo}

Di Milano alli XI di Marzo mandai a V. A. S. una mia con la polizza del S.^{re} Aless. Beccaria suo Agente della ricevuta delli settecento fratelli carnali che ho ricevuto per gratia di quello che fa la coda a i Gambari, e della Magnificenza vostra che mi diede così buon consigli di levarli dalle mani degli ingordissimi Mercanti perchè stavano in pericolo di pericolare d'un fallibile et infallibil fallimento, et farmi restare da Nespola, o da Sorbola con il... nella paglia. Orsù per venire a proposito del nostro non cominciato ragionamento: Io la supp.^{co} prego, consiglio, et comando espressissimamente che subito veduta la presente la non manchi di far quanto gli ordino, et comando in questa, et in l'altra mia, che sarà di subito dare ordini al Monte della pietà di Firenze che mi dipinghino su quel libro creditore delli suddetti settecento Ducatonj a beneplacito del Molto Ill.^{re} S.^e Arlecchino de civitate Mantoanorum Comicorum vestrorum servitororum tanto del Capitale, quanto degli utili, e che subito comincino a lavorare acciò si guadagnino il vitto, et che non stiano in otio, et mandare la polizza del detto Monte a Milano nelle mani del prefato S.^e Beccaria bella vista, et unico scrittore che io gli ho dato ordine che la riceva perchè nell'andare che io farò in Francia passerò per Milano, et me la farò dare; hora sopra di questo non gli dirò altro se non che per quanto all'habbia cara la mia gratia et ella faccia quanto gli ordino, et comando, et beata lei se si saprà accomodare con l'humor mio, per che essendo ambi due noi ricchi et possenti spero che le cose nostre passeranno sempre felicemente. Ma sappia adunque conservarsi l'amicitia mia si come io ho risoluto di preservarmi la sua in secula, et infinita seculorum: Subito gionto che fui in Mantova dove sono le centocinquanta mila anime, come io dissi in Pisa, andai dalle loro A. Ser.^{me} et feci le sue raccomandationi, le quali hebbero molto a caro, et gliene rimandano altrettante a ragion di Quaresima. Altro non mi resta a dire se non che io le faccio un Brindex di buona grazzia mantovana, ruzzente, mordente, saltante et brillante dentro a uno di questi bicchieroni senz'acqua et ella si ricordi di farmi ragione con uno de' suoi bicchierini da acqua di vita, et mezzo acqua, ricordandole che mi resta debitore d'un bicchiero del suo vino che mi voleva far provare quella mattina che ella mi dette a mangiare quel gambo di Carciofo, che mai se ne volse ricordare, però se ella hebbe poca memoria in quella la prego ad haverla grande et profonda in questo mio negotio, et del tutto gli resterò per sempre obligato. Non altro a lei et alla Ser.^{ma} Madama mia protetrice mi raccomando, et a tutta la pargoletta et regia prole, di Mant.^a il dì 20 Marzo 1597.

Di V. A. S.

Aff.^{mo} Amico
TRISTANO MARTINELLI
alias Arlechino.

Dò nova a V. A. S. come il S.^e Dottore Patestrina si trova qua amalato sull'hosteria del Sole.

Al Molto Ill.^e Sg.^r mio Col.^{mo}
Il Sig. Secretario BELISARIO VINTA.

Molto Ill.^o Sig. Mio

Quindici giorni sono io scrissi a V. S. un plico che andava a S. A. S. con una suplica et una letera burlevole, pregando S. A. farme gracia di dar ordine al Monte di pietà che dovessero tenire li miei denari ancora per un anno avenire et darmi i soliti utili, che sempre mi ano datto, et in particolare li uttili de lanno pasatto 1611, et dubitando che V. S. non abia ricevuto detto plico, con locasione di questo gentiluomo mantovano mio amico io glio vòlsiuto scrivere quest'altra pregandola farmi gratia di favorirmi segondo il suo solito con S. A. acio possa avere la mia entratta del anno pasatto che sono Ducati cento et venti perchè il capitale è Ducati duemila et quattrocento, sì che Sig. mio caro io fo ricorso a V. S. come sempre o fatto che la mi voglia aiutare in questo mio bisogno che del tutto gliene resterò con obligo infinito et pregaro sempre il Sr Idio per lei et per la sua famiglia, et veramente se non potesse avere questa gratia mi sarebe un gran dano a casa mia, però la prego a non mancare, io gli mando anco un altra suplica come era laltra acio la ne abia una, la mi farà anco gratia di avisarmi se la ricevuto detto plico, se la non la ricevuto io scriverò un altra letera burlevole come era laltra a S. A. S. con la copia della letera che mia scritto la Regina di Francia la quale è mia Comadre per avermi fatto tenire in suo nome un figliollo a battesimo, 3 mesi sono, per hora non li diro altro se non che la mi tenga nè la sua buona gratia et N. S. la conserva in vita con tutti i suoi di casa. Di Bologna a li 4 gennaro 1612.

Di V. S. Molto Ill.^{re}
Aff.^{mo} Servo

TRISTANO MARTINELLI
detto Arlecchino Comico.

Volendomi dar risposta la invia la lettera a Ferrara dove fra 3 giorni andaremo a far carnevalle a Dio piacendo.

Al suo come fratt.^{llo} minore
Mr FERDINANDO MEDICI, ma non di quelli che toccano il Polzo

Dove si trova.

Sig.^r Mag.^{co} Car.^{mo} Miser tutore.

Per che siate sicuro che vi voglio bene et che ve hamo non tanto per li meriti vri. quant'è per l'util mio, io li scrivo spesso et amichevolm.^{te} per farvi conoscere apieno l'amor che vi porto et ho portato, et porterò, perchè con un galante homo, par vostro, bisogna tenerne conto, perhò guardate dove vi posso far servitio che ve ne farro; comandateme: Mi è stato mandato alcuni reporti, o Avisi, come vogliamo dire, la se degnera, come ho fatto ancho io, leggerli, che intenderete alcuna cosa, che vi importa molto per mio conto; et stendendo ciò non mancarete metterle in esecutione, se havete a caro la mia amicitia, et per che non voglio scriver più per ora fo fine, pregando quello che pregate ancor voi, che ve dia ogni sorte di felicità et contento.
Di Piacenza, il dì 28 luglio 1597.
Di V. S. Alquanto Ill.^{re} et più che Illmo

Aff.^{mo} Amicho et quasi
Fr.^{llo}
Arlechino Comico.

in fine
Per Ferdinando

All'Ill.^{re} Sig. mio sempre osser.^{mo} Il Sig. Cavaglier VINTA secretario di S. A. S.

Firenze.

Illmo S.^r mio
Questa mia sarà prima per baciarli le mane et farli reverenza pregandola digniarsi favorirmi come è il suo solito; V. S. sarà contenta per sua bontà di dare la rinchiusa a S. A. S. nella qualle so che avevan gusto a legerla poi che glie lesera

burlevole, et anco li scrivo una cosa d'importanza per Sua Altezza che so che laverà a cara, et del tuto che io li scrivo lo prego che me faccia dar risposta, però io credo che tocara a V. S. a darmi la risposta poi che io prego S. A. che dia lordine a V. S. confidandomi in lei, che sarà mio procuratore, per hora altro non mi resta a dire se non che la prego perdonarmi dela presunzione et del fastidio che lido et con tal fine pregavo sempre N.° S.^{re} che la conservi in sua Sta grazia.

Di Bologna a dì 8 maggio 1599.

D. V. S. Ill.^{re}

Aff.^{mo} Servitore
Tristano Martinelli
detto Arlechino Comico.

Al Ser.^{mo} Gran Duca.

Ser.^{mo} Sig.^{re}

Perche sempre son statto Aff.^{mo} alla A. V. S., gli fo sapere che qui in Comp.^a nostra vie un mio car.^{mo} compagno di molto giudicio il quale a confiderato con me un suo secreto di molto utile et è cosa nova da lui inventata che sarebe la intrata di parechi mila scudi senza agravvare nisuno, anci di utile al populo, si è consigliato meco a chi li aveva a dare, io lo consigliato et pregato che lo dia a V. A. prometendoli che li dara recompensa conforme al merito suo, et quello che ci prometeva celo manteneva, dove che lo disposto al voler mio, lui scrive a V. A. la poliza che qui rinchiusa la quale V. A. la legera, et subito la si dignara farmi scrivere la sua intencione a me, perche il compagno si fida molto di me, et vole che io sia quello che venga a scoprire questo secreto a V. A. S. altro non mi resta a dire se non che la si degnia tenirmi in sua gratia oferendomeli sempre per umilissimo servo, pregando N.° S.^r che lo conservi in sua santa gratia. Di Bologna a di 8 maggio 1599.

D. V. A. S.

Aff.^{mo} servo
Tristano Martinelli.
detto Arlechino, il quale scrive di sua
propria mano per non se fidar daltri.

Ser.^{mo} grā Duca

Ha piaciuto a Iddio di mostrarmi una strada con la quale posso con mio utile (e senza dano di alcuno) acrescere a V. A. S. entrata de parecchi milla scudi per tanto a questo effeto manderò Arlechino comico mio compagno per tratare con l'A. S. il negocio et anco q.^{lo} ch'io ricerco per mia mercede che sarà una decima parte di questi frutti, hogn'uno assicurandola che il Populo minuto n'è per trar qualch'utile, e la Nobiltà non n'è per sentir alcun dano. E pur con strada facile, e di buona coscienza voglio senza cavaro dal'altrui borse, rimetere nella sua buona soma de Dinari. Con che fine le facio umilm.^{te} riverenza et aspeto che dal d.° Arlech.° mi sia fato parte della mente sua.

D. V. A. S.

Umili.° e Devotiss.° Servo
PIERMARIA CECCHINI.

Al Molto Ill.^{re} Sig.^r et patron mio oss.^{mo} il Sig. BELLISARIO VINTA
secretario dignissimo di S. A. S.
Firenze.

Molto Ill.^{re} S.^r mio oss.^{mo}

V. S. sapera come fatto pascqua de resurecione io vado con la nostra comp.^a di comici in Francia, per servicio di quella Maestà, da lei adimandatomi con la comp.^a per suo servicio, come V. S. potra vedere nella copia della lettra che mi manda S. M.^{ta}, mandata prima a Firenza in mano di Monsiur di rovano, mandattami da sua Sig.^{ria} a me; questo è quanto contiene in verità sul saldo; quanto poi ai fatti nostri, per conto del mio S.^r barba, tocava mo a lui esser il primo dignarsi scrivermi et a me tocara farli gracia s'io mi dignaro farlo, a ben ch'io son obligato farli ogni gracia, da lui richiestami, per le molte et gran gracie da lui ricevute, per tanto li direte per parte mia, che mi comandi dove io sono bono di servirla, et se vora ch'io lo favorisca in parigi in renderli il servicio fatomi dalli dua milla scudi che mi a concesso ch'io tenga sul Monte lo faro; per la pressa non vi scrivo altro chel coriero si parte, ma di Francia arivedersi; Ch'Iddio vi feliciti, di
Mant.^a a di 18 Marzo 1600.

D. V. S. Molto Ill.^{re}

Aff.^{mo} Ser.^{re}
TRISTANO MARTNELLI
detto Arlechino,
comico,

frat.º servo.

Lettera di Enrico IV re di Francia, a TRISTANO MARTINELLI, Arlecchino.

Harlechin, essendo venuto la famma vostra sino a me, et della bona compagnia de comedianti che voi avete in ittalia; io ho desiderato di farvi passare li Monti, è tirarvi in questo mio Regno; Pertanto non mancarete subito di fare volentieri, per amor mio, questo viagio con la vostra compagnia ch'io averò molto acaro si de vedervi, come de servirmi di voi, et vi prometo che voi sarete sì ben venuti, et da me ben visti, prometendovi che sarete da me così ben trattati, con vostro utile è bon guadagno che non vi rincrescerà del tempo che averete impiegato in questo mio servicio, come voi conoscerette ineffetto, pragando Dio, Arlechino che vi abbia in sua santa guardia: di Parigi alli 21 de Decembro 1599.

HENRY.

Lettera di Maria de' Medici, regina di Francia a TRISTANO MARTINELLI, Arlecchino

Arlequin. Mentre che io mi imprometteva di havervi quà con la più eletta compagnia di commedianti di Italia, non ho veduto altro che le vostre lettere piene di scuse. Io le accetto volentieri, sapendo molto bene che il mancamento non procede da voi; ma è necessario fare il vostro possibile per vincere le difficoltà che fanno quelli della vostra compagnia, ed insieme assicurarli che mai nissuna compagnia di commedianti è stata tanto bramata in Francia, come sarà la vostra (essendo ella perfettissima come mi assicuro). Ho avuto grande piacere sentendo che Florinda e Flavia erano contente di venire in mia consideratione, ma mi rincrebbe assai che non siano d'accordo insieme. Farò in modo tale che se si accorderanno, et quelli che si imbarcheranno con voi, se ne ritorneranno soddisfattissimi. Se fosse possibile di menare Fritellino e Flaminia, io l'hauerei a caro, et loro non se ne pentirebbero, datali ad'intendere, et fatte che presto si partino, sotto queste promesse, che non havranno niente da contrastare, ne manco voi con l'Hotel di Borgogna, è già lungo tempo che è stato dato ordine in Lione, al generale delle Finanze, che vi paghi una partita di tremille e seicento lire, il quale non mancherà subito che sarete arrivato a pagarvi per conto delle spese fatte per il camino. Io scrivo al mio nipote il duca di Mantova, et al cardinale Gonzaga, che si impegnino che la vostra compagnia sia piena di personaggi buoni, et che subito si partino per codesta città. Io credo che lo faranno, et che per mezzo loro, tutte le difficoltà cesseranno, et assicurandomi che da parte vostra farete il debito vostro. Non vi dirò altro se non che pregherò il Signore che vi tenghi nella sua s. gratia,

mentre che io vi manterrò quello che io vi ho promesso in favore di compare.
Scritto in Parigi alli IIII di settembre 1612.

MARIE.

Lettera di TRISTANO MARTINELLI al Duca di Mantova.

Al Ser.^{mo} Sig. Duca di Mantova.

Cosinissimo Cosin et Compadre nostro car.^{mo}

Ali giorni passati non gli abiamo scritto due nostre lettere et non avendo auto risposta pare a noi che poco vi curate della nostra persona, con tutto ciò non vogliamo mancare de ricopiare letere sin tanto che gli veniamo in fastidio....[7], parlando modestamente, dandogli nuova come la nostra Crist. Comadre Regina galina si fa più conto di noi che non fa la vostra persona avendoci hora di nuovo vesitato con due sue reggie letere, una mandataci per il sig.^{mar} Carlo de Rossi qualle per sua gratia non ce la ancora datta et laltra per via del nostro Ambasciatore che subito ne la diede, la qualle ne invita i nel bel regno delle doble et scudi del sole facendoci di molte proferte come voi intenderete in la coppia della sudetta letera che noi vi mandiamo a cio la esaminate bene et poi dar la sentencia con il vostro parere e se a voi piace che la Comp.^a ci vada a suo nome senza spendere un soldo del vostro, la ci andarà et contentandovi abiamo bisogno del vostro favore con la sua otorità ni sieme per farci avere dui personaggi che fa bisogno per acomodare la Comp.^a i quali poi contentandovi ce lo dirò, però la ne farà gracia di darci subito risposta a ciò posiamo rispondere a detta Comadre conforme al voler vostro che ad altro modo non sia da fare, perchè il desiderio della nostra persona non desidera altro che compiacere al mio Car^{mo} Cosin et amico Compadre et se non fusse per amor vostro la mi creda che mai palchi ne scene vedrebe l'arlechinesca mia persona e questo lo dico sul saldo da M.° Tristano, però, prego V. A. S. farmi gratia di farmi sapere la sua intensione circa a questi particolari che gli scrivo a ciò mi possa governare conforme al voler suo che altro non desidero che la sua gratia, con fine prego N. S. la conserva in sua santa gratia in sieme con la sua ser.^{ma} generacioncina, di Milano a di 14 Agosto 1612.

D. V. A. S.

7

Qui abbiam tolto una frase indecente.

Aff.^{mo} Cugino et Compadre
Cristianiss.^{mo} oltra monti.
D. A. D. M.
(Dominus Arlechinus de
Martinellis)

Lettera del suddetto al suddetto.

Ser.^{mo} Sig.^r Compadre Cosin salute.

Essendo noi in carozza a Man.^a per partire per Fiorenza con la Comp.^a arrivò un coriero con un plico della Comadre Cris.^{ma} indrizata alla nostra persona con dentro tre lettere le quale una viene a noi, un altra a voi et laltra a Compare gallo della gresta rossa dove subito vi mandai la vostra et quella del sudetto Compadre noi cella manderemo, et la nostra labiamo fatta legere ad un francese et copiatta la qual copia la mandiamo alla Campadresca Sig.^{ria} vostra a ciò dobiate pensare quello che avete a fare per servicio della nostra Car.^{ma} Comadre conforme alla sua dinanda perchè in unire questa benedita comp.^a ci vuole altro che la otorità Arlechinesca, però sarete contento di cominciare a disporre la sig.^a Flavia a ciò la venga a questo servigio, et se lei si scusasse con dire che gli è malsana ditegli che li farete dare delle medicine soave che la guarirà, et se lei dicesse che non li piace le medicine por osser dolse ditegli che gliene darete di brusche, essendo che a lei gli piace più il brusco che il dolce, ciò intendendo la si potrebbe contentare, et non mancate di gracia caro sig.^r Cosin di mettere le vostre forze perchè si faccia una bona comp.^a dandare in francia questa quaresima non altro perchè adesso adesso monto per le poste a piedi per andare a Firenze. Adio di Bologna a dì 6 Ottobre 1612.

Vostro magior Cugino
ARLECHINO Comp.^{dre} Crist.^{mo}

Lettera di TRISTANO MARTINELLI al cardinale FERDINANDO GONZAGA.

Al mio Car.^{mo} Compadre Tortellino Illmo
Roma.

Carissimo Compadre

Ali 25 del presente ma non di quel presente che aspeto da voi in favore del nostro comparadico, ho ricevuto una lettera da me tanto desiderata, ma col presente in sieme qual desidero più che non fo, il preterito ne il fotturo, con granda allegrezza ho aperto la vostra deta letera, la quale con belissime parole et cativi fatti per me ho inteso che mi amate et che desiderate di giovarmi et altre simile paroline delicate da magnar con la mostarda, sichè legendola la mi ha datto quasi satisfacione di parolle, ma la menaverebe dato più assai se mi avessi scritto come mi fa la mia cara Comadre galina la quale mi consolla sempre inel ultimo delle sue reggie letere dicendomi et più volte replicandomi, venite sig.^r Arle.^o da noi che vogliamo incatenare il nostro Comparagio, o belle parolle et intute le sue letere che la mi scrive la si aricorda di metterci questa belli.^{ma} clausa che tanto piace et diletta alla nostra persona, lei intende miei letere ma voi non tropo glintendette, o non le volete intendere, ma per parlarvi chiaro perchè pensate voi chio mi a fatichi con scrivervi tante letere et mandarvi quelle copie de letere galiche?, io lo fo aciò voi imitasti la mia Comadre gallo dalla cresta rossa, et dirmi anco voi sù le vostre letere, noi si alegriamo Sig.^{re} Arle.^{no} del presente che vi vuol fare la Crist.^{ma} Comadre come anco noi desideriamo fare quanto prima et forsi superarla lei, per non perdere la otorità naturalle....⁸ noi vi vogliamo consolare con i fatti et non più con parolle et pertanto tenitevi sicuro un bellissimo presente anco da noi in favore del nostro Comparadico o sig. Arle. così vi scrivo o signor Compadre Car.^{nomo} Aricordandovi che lamore vien da lutile e se voi non mi avessi più volte vesitato con pavoni, nedrassi caponi formaggi lonze de vitello, bulbari e quel che più importa certe doble, ongari, ed altre gentileze, se non avesti fatto così la nostra amicicia non sarebbe andatta innanti, perchè delle chiacchiere et delle parolle non ho bisogno perchè io ne fo mercancia et le vendo a bon marcato, a una barbarina ogni sera, che ce ne volle tre hore. Contuttociò io non ne defido de la vostra cortesissma cortesia et poi essendo obligo vostro per la vostra generosa liberalità la quale mi ha indutto accettarvi per mio unico Compadre, et mi son maravigliatto che voi non abiatte risposto alle mie letere per le modeme rime, dapoi ho considerato non esser colpa vostra ma che la sia colpa del vostro sig.^r secretario che non intenda, o che non voglia intendere la mia letera, o chel sia curto de vista, o semo di memoria, o chel lo facia credendo sparagnarvi il presente che mi avete da donare, o chil mi voglia male, o chel sia invedioso del bene Arlechinesco, o che diavolo so io, perchè causa el non risponde al mio, proposito, però vi prego se desiderate la mia quiete inmitatte la mia Car.^{ma} Sig.^{ra} Comadre Maria di Medici regina della metà del ponte di Avignone, in la risposta di questa datemene segno il qual starò a spettare con desiderio grandissimo et vi prego a non mi fare far la morte del cane de nerone che morì guardando certi salami, io vi mando la letera de S. M. Comadresca, in la quale io la quale io minmagino ciò che ella volle et lo vedrete, lei non scrive per altro a V. S. Illma e al Sig.ⁱ Compadre Duca a ciò che ambi due dobiatte fare una bona e perfetta comp.^e de comici dove sia dentro questi

---

8   Soppresse alcune frasi sconcie.

personagi la S.^{ra} Florinda, suo marito, Flaminio Fritellino, Cincio, Flavia il Capitano renoceronte et io et dui altri personagi buoni cioè un gratiano et un bon pantalone questi sono i pesonagi che lei desidera avere in francia, tocca a voi dui Sig.^{ri} Compadri ad accomodare queste creature insieme, perchè la forza Arlecchinesca non è bastante a farlo sopra di questo non vi dirò altro sollo che io ò promisso a S. M. di andarla a servire per 6 mesi, mentre che ci vada una buona comp.^a come lei desidera et se la compagnia che si farà non sarà inel modo che S. M. desidera, io mi dichiaro di restarmene a casa mia per non perdere quella poca di riputacione che mi son acquistatto in francia, però non mancate con il vostro bel giudicio di far sì che la Comadre sia scritta et perchè mi moio di sonno, fo fine a perdonarmi della brevità sig.^r Compadre et N. S. vi dia buona memoria a ciò vi aricordate del vostro compadre Arlec.^o il quale vi fa mile riverence parlando, di fiorenza a dì 26 ottobre 1612.

tuto vostro il Compadre Cariss.^{mo}

Lettera di TRISTANO MARTINELLI al conte ALESSANDRO STRIGGI
presidente del Magistrato ducale in Mantova.

Al ill.^{mo} Sig.^r mio Col.^{mo}
il Sig.^r Conte ALESSANDRO STRIGGI, presidente
del Magistrato in Mantova.

Ill.^{no} Sig.^r

Questa mia sarà per fargli riverenza et per dargli raguaglio di noi aricordandoci anco alcun servicio per mio bisogno, perciò la saperà che passando por Turino gli sogiornasimo dui giorni et partissimo per Francia senza dir niente a S. A. dove sapendo lui la nostra partenza mi mandò dietro una letera per un coriero a posta dicendomi che dovessi tornare in dietro se desideravo la sua gratia chel voleva una Comedia, dove bisognossimo ritornare con nostro grandissimo disgusto sperando piutosto male che bene, dove subito gionto gli andai a baciar le mane et mi fece di quelle careze che un fratello non avrebe fatto di più et mi fece montare nella sua caroza dove lera lui sollo, che landava al parco al disnare et sempre andassimo ragionando insieme di più cose et subito gionti al parco fece venire la Comp.^a et gli fesimo una comedia la quale gli piaque assai et ne fece fare altre sei Comedie a Turino et in termine di 13 giorni ne spedì con Ducatoni 400, et 100 ne diede il Duca di Nemurs, et se ne venesimo a Lione dove anco questi Sg.ⁱ àno volsiuto 4 comedie in publico. Abiamo fatto pagare 10 soldi che sono 33 di nostri per persona, in 4 comedie abiamo fato Ducatoni 220 in circa, et sobito gionti il tesoriero di S. M. ne diede D.^{ti} 1200 doro, siche le nostre cose sono pasatte meglio

45

di quello che io credevo, dimane noi partiamo per parigi se son buono a servirla in quelle parte che la mi comanda che mi sarà favor singolare, hora io prego V. S. favorirmi et farmi giusticia chel mio privilegio sia ubeditto da tutti et in particolare da quel manegoldo del Riva che tien la piaza affitto chel non vuole che i zaratani metano i loro banchi dove gliano sempre mesi, et sempre costui aspeta ch'io sia partito da Man.ª et poi mi fa questo torto di dar fastidio a quello che tiene detto privileggio il qual privileg.° dichiara che nisuno ardisca di molestare detti zarlatani et che possano metere i loro banchi dove più gli pare et piace altro senza pagare cosa alcuna per la piaza. V. S. lega il privil.° che la trovarà che glie così, hora ò auto le tere da quello che tien cura del privil.° il qual mi scrive che detto Riva à otenuto per favore del Magistrato di fare che i Zaratani non metano più i loro banchi in piaza nel suo luoco ordinario questo mi è parso quasi impossibile perchè non lo possono fare di ragione, stante il privil.° di S. A. S. però se glie così prego V. S. Ill.ᵐᵃ a non mancare di fare una bravata per amor mio a quel insolente del Riva et comandargli che lobedisca ancor lui a detto privilg.° che del tutto gliene restarò con obligo infinito, io aviso anco S. A. S. di questo e mando la letera a V. S. che la mi facia gracia di farcela avere che so che laverà a caro per essere alquanto ridicolosa non alaltro, N. S. la conservi in somità di Lione a di 26 agosto 1613.

D. V. S. Ill.ᵐᵃ

Aff.ᵐᵒ servo
TRISTANO MARTINELLI.

La prego darmi risposta a Parigi.

Lettera di TRISTANO MARTINELLI al Duca di Mantova.

All'nostro Comp.ᵉ Car.ᵐᵒ D. FERDINANDO GONZAGA, primo cittadino di Mantova, Sig.ʳ di Marmirolo, priore della Montada et padrone absoluto del Ponte di Marcheria, in la città dei Bulbari, Trivoli, indivia e luvini, dove sta Monsù Arlechin.

Car.ᵐᵒ Sig.ʳ Comp.ᵉ Ill.ᵐᵒ et dapoi Ser.ᵐᵒ Salute.

Sin hora noi non habbiamo volsuto dar raguaglio a V. S. M.ᵗᵒ Ser.ᵐᵒ della N.ʳᵃ persona se non adesso che siamo gionti in luoco di salvamento, ma con un gran bestial sole e siamo entrati nella città del Re delle bestie, agli 15 d'Agosto, che vedendoci maggior bestia di lor entrare, lui subito è uscito tornando nello Zodiaco per trovare vergine, ma credo che egli stenterà a trovarla per essere il paese troppo licenzioso. Hor su sia come si voglia, hora noi gli facciamo sapere che passando per la città del Torro noi soggiornassemo doi giorni, et poi partessimo per Lione, et la notte che erramo nello letto, gionse un corriero con una dal sig. Duca, di sua volontà ho di sua voja, nostro minor cugino, il quale ne avisava, che era mala creanza la sua lasciarne partire dal suo paese, senza regalarne come è suo solito, et che subito dovessimo ritornare a Turrino, dove noi mandassimo a scusarsi che havevamo fretta d'andare a servire Sua Maestà. Questo non volse, che bisognassimo fare da cavallo da ritorno con N.º maggiore disgusto, dove ci abbiamo fatto sette comedie et in cappo di tredici giorni con molte cerimonie di complimenti, con un affronto di ducati quatrocento et cento ne diede il Sig.ʳ Duca di bel humore, ed arrivando a Ciamberì, l'Ecc.ᵐᵒ Sig.ʳ Marchese di Lanoje Gov.ᵉ ne fece un'altro affronto di duc.ⁿⁱ cinquanta, per una comedia, et pagò tute le spese cibarie alla C.ᵃ et poi giungessimo quì, dovè il luoco Tenente del Sig. Gov.ᵉ con tutti questi signori, ne fecero pregare, et ne accomodò una stanza a sua spesa, et per forza ne anno fatto fare, in publico, quatro Comedie; La prima si è fatto duc.ⁿⁱ sessanta e cinque, la seconda trenta e cinque, la terza per esser festa sessanta, e la quarta sessanta, senza la mancia che si aspetta da questi signori, et habbiamo ricevuto grandi affronti, oltra a quello di Sua Maestà, che subito giunti il suo Tesoriero ne diede da desinare et poi ne sborsò scuti mille et duecento doro, sichè sinhora le cose pasano, come ne sono pasate sempre per altre volte in questo viaggio. Di domani noi partiremo a Dio piacendo per pariggi, se vi bisogna qualche favore in quella corte comandateci alla libera, che noi vi serviamo, come speriamo anche voi essere servito costì per tanto gli facciamo sapere che costì ne stato usatto un'affronto che non vogliono obedire al privilegio che per v.ᵃ gratia, mi havete donato, però comandate alli Sig.ʳⁱ del Magistrato che facciano obbedire, et in particulare quel molto bestia fotuta et mio car.ᵐᵒ inimico di quel Riva, che ha la piazza affitto che non vuole che i ciarlatani metano i suoi banchi sulla piazza ordinaria, ove la sogliono metere sempre, senza pagare mai niente, se non a noi però se desiderate che il privilegio guadagnia qualche cosa, fate che detto Magistrato faccia giustitia, che sia ubedito il nostro privilegio, se no lo potremo adoperare da fare un bastone da comedia. Per adesso non ve diciamo altro, per non vi levare di memoria questa gratia che vi domandiamo, la quale meterete subbito in esecutione, dando ordine al Sig.ʳ Presidente del Magistrato che faccia subito obedire deto privilegio, con che fine per venire a un fine facciamo fine senza fine. Finis. Di Lione.

gli 26 Ag.ᵗᵒ 1613.

Vostro Car.ᵐᵒ Compadre
D. A. D. M. C. S. E. C.
(Dominus Arlechinus de Martinellis
Compater Suae Excellentiae Cristianissime).

Lettera di TRISTANO MARTINELLI al conte ALESSANDRO STRIGGI.

Allill.^{mo} Sig.^r mio Col.^{mo}
il Sig.^r Conte ALESSANDRO STRIGGI presidente
del Magistrato di S. A. S. di Mantova

Illmo Sig.^r mio.

Di lione io scrisi a V. S. Illma dandogli nuove di noi et perche so che la ha caro a sapere buone nuove di suoi servitori io gli scrivo questa con locasione del Sig.^r Agente qui di S. A. S. che viene costì, primis la Comp.^a è piaciutissima contra a ogni ragione, ma perchè sono afamati di comedie, ogni cosa è buona. S. M. ne fece pagare in lione ducati 1200 subito gionti a parigi poi la mi mandò a chiamare et vendendomi la mi fece de quelle acoglienze che pochi lo crederanno perchè sono statte acoglienze contra a pramatica a le pare sue, oltra a molte belle parolle che S. M. mi disse la mi menò nel suo gabinetto et mi mise una colana di sua mano al collo che pesa duicento doble con la sua medaglia in favore del nostro Comparadico, la sera gli fesimo una comedia, subito la fece dare alla Comp.^a ducati 500 et ne segnò d.^{ti} 200 al mese e le spese quando serviamo fora di parigi, et a me imparticulare la mi da da nascosto d.^{ti} 15 al mese per le spese di mia moglie la quale fra pochi giorni partorirà, et il Re a da essere il Compadre e sua sorella la Reg.^{na} di Spagna Comadre, et lo vogliano tenire de sue mane propria al batesimo et se gli è maschio il re la vuole per lui et se gli è femina la regina la vuole per lei et mia moglie lo vorebe per lei, siche io sono intrigatto a contentargli tuti tre, io ho pensato por levare locasione di questo romore impregnar mia moglie ancor due volte e darviene uno per uno a ragion di gatti, chel pare che i figliolli di Arlech.^o siano gattesini da donare, orsù sia come si voglia il Sig.^r Idio sia quello che faccia quello sarà per il meglio della mia creatura. Staremo qui sino a ognisanti et poi a parigi dove reciteremo in pubblico, quello sarà il maggior guadagno, sin hora mi è stato donato sei vestiti tutti intieri con i ferajoli fodrati di felpa et denari, sichè sin ora io ho avanzato mile et duicento ducatoni et se non son ancor gionto et per non vi venire in fastidio con tante chiachere facio fine pregando il Sig.^r idio che gli dia ogni sorte di contento, di Fontanabeliò. a di 4 ottobre 1613.

D. V. S. Illma Aff.^{mo} Servitore

TRISTANO MARTINELLI
detto Arlechino.

io raccomando a V. S. quello che tiene il mio privilegio di favorirlo et fare che detto privilegio sia ubeditto come comanda S. A. S. mio Car.^{mo} Compadre et qual farette le nostre raccomandacione personalmente.

Lettera di Tristano Martinelli al Duca di Mantova

Al Ser.^{mo} Sig.^r Duca di Mantova.

Ser.^{mo} Monsieur, mon Compere et Cosin.

Questa nostra sarà perchè labiamo scritta, dandovi nuova delle cosse di Mantova, la saperà come S. A. S. è stato alquanto amalato ma ora per gracia di dio et del suo bon governo, et che non era ancora la sua hora, el se diporta bene, cosa che a noi piace molto come crediamo che gli piace poco a lei, però la preghiamo ancor lei a darne qualche nuova di paesi di francia et che cosa si fa et che si dice in quei paesi et se gli è il vero che la Comp.^a di Comici che ha menato Arlechino in francia con tanta sua fatica et disgusto, si gli è il vero che la dia così gran gusto a quella Maestà et a quei prencipi francesi et se anco è il vero che la Reg.^{na} abia fatto tante acoglienze ad Arlec.^o come lui se ne vanta, prima lui dice che S. M. vedendolo subito gli fece di molte acoglienze et poi gli mise al collo di sua propria mano una colana di duicento doble, et dipiù che il Re lo abraciò chiamandolo suo Compadre et lui gli dise chi ha da essere la Comadre, la Reg.^{na} rispose la nostra figliolla la Reg.^{na} di Spagna a ciò che Arlec.^o sia compittamente favorito da noi, se questo è il vero come noi lo teniamo per verissimo sono di gran favori che a questo Arlec.^o, oltra poi che natta che sarà la creatura la vogliono per loro, di modo che Arlec.^o sarà Compadre dil Re di francia et del Re di Spagna et tre Regine per Comadre et tre Duchi per Compadri et due Duchesse per comadre sichè sono diese corone fra Compadri et Comadre, che facendo conto, a penna e calamaro, sono in tutto quatro rosari intieri a buona misura, sichè dalla parte di Francia Arlec.^o si pol chiamar felice ma dalla parte di Mont.^a infelicissimo senza lo ajuto di V. A. S. come qui la intenderà, prima quando Arlec.^o si parti chel disse a V. A. che la vantava di molti scudi costì et che la diede ordine che fuse pagato, mai mai si è trovato i pagatori et ognuno trovarno le sue false scuse et non se gli pol cavare i denari dalle mane, oltra poi che avendo lasatto per governo di casa sua una masara credendola donna da bene, il diavolo la ha acecatta che per quanto se intende la si fa parlare molto, ma quel che importa più lei et i bertoni giocano in casa di detto Arlec.^o a trionfino a rubare et sasinare sichè è stato sforzato a farlo sapere a S. M. la quale si è mossa a compassione et in favore di Arlec.^o à scritto una lettera a V. A. S. a ciò la lo favorisca come è il suo solito, et perchè detto Arlec.^o è nostro grande amico et non pol star sanza di noi, ne noi senza di lui, noi vello aracomandiamo et volendolo favorire la gli fermarà una suplica che qui sarà rinchiusa et dire all'Illmo

49

Sig.^r Conte paolo guglielmo Andreasi che lui sia il suo protettore come cappo di quei paesi delli castelli poichè gli è anco bon patrone et amico di detto Arlec.° al quale noi gli scriveremo ancora a lui quatro righe avisandollo et revisandolo ciò che fa bisogno a detto Arlec.° et così V. A. non mancarà per amor di S. M. di dar questo ordine caldamente a detto Sig.^e il qual lui caldamente dara ordine a degli altri che caldamente faciono quello che bisogna per servigio del Sig.^r don Arlec.° il qual ricevendo quanto è di sopra, pregarà sempre nostro Sig.^{re} per la sua felicità con che fine N. S. gli dia contento et ciò che desidera, di fontanobeliò a di 10 ottobre 1613.

D. V. A. S. Umil.° Servo et Compadre

TRISTANO MARTINELLI.

Lettera del MARTINELLI al Duca di Mantova.

Al Ser.^{mo} Compadre, nipote di mia Comadre, chi è fratello di mia Comadre, chi è sorella di mio Compadre, chi è figliol de mia Comadre, chi è Comadre della Comadre, chi è moier de suo Compadre.

Car.^{mo} Comp.

Per venire alla conclusione di questo nostro non cominciato ragionamento faciamo fine facendogli sapere quello che legendo qui la intenderà, noi se lamentiamo assai della compadresca Signoria vostra avendovi noi scrito più volte dandovi nova della nostra Arlechinesca persona e lui non si essere mai dignato di risponderci cosa che molto ne a dispiaciuto con tuto ciò non abiamo volsiuto mancare con locasione del nostro Sr Secretario, quasi inbasa dorato di darvi raguaglio di noi et della nostra anci vostra Comp.^a la quale desidera sumamente di vederla presto, qui si guadagna onestamente alla stanza, S. M. gusta stroniamente della Comp.^a contra a ogni ragione per avere dei papagalli che recitta, basta sia come si voglia S. M. è satisfata. circa al venire a Man.^a ci veniremo quanto più presto si potremo sbregar di qui e alla più longa sarà come si partemo di qui per venir costì, più presto io credo che non potremo essere da voi però compadre mio caro portate paciencia se non ne potete vedere prima che non siamo da voi, gli do poi nova che S. M. Mascolino è nostro legitimo compadre et sua sorella Magiore che va Regina di Spagna è Comadre per un figliollo che mi hano tenuto a batesimo siche il re picolino di Spagna sarà Compadre di Arlechino al suo dispetto, io mi ho poi da lamentare asai della vostra persona circa al mio privilegio il quale sarà buono questa quaresima da revoltar sardelle, poichè non è ubedito e il mio festino che mi dava 25, ducati l'anno, questanno intendo che voi non avete volsiuto che si faccia, voi siete obligato a risintecione o compadre mio, oltra voi anco mi avete tolto la mia carcasa della stanza et datta al S.ʳ M.ˢᵉ Valeriano che sta a Mant.ᵃ tanto vostro amico vi fo sapere che quella Camera è mia per denari che mi doveva la vechia soarda et la buona anima del vostro Sig.ʳ padre mella rafermò mia, dopoi fatta la stanza delle comedie siche da tutte le parti mi vien fati de gran torti però sig.ʳ compadre se volete che siamo amici fatemi rendere la mia camara, et fatemi pagare il mio festino come mi fece anco il mio compadre Vicenzo che mi dava lui D.ᵗⁱ 25 per carnevale del mio festino, quando si cominciò a fare li quatro festini adunque fate quanto vi scrivo che sarà meglio per me et per non vi venir più a tedio con tante chiachere questa mia sarà per avisarla e N. S. gli dia ciò che la desidera, dal mio festino et camera in poi, di parigi a di 3 febbraio 1614.

    D. V. S. Ill.ᵐᵃ Compadre

Dominus Arlechinus Compadre
STRACRESTIANISSIMO.